我這一代人

胡晴舫

My Generation

Contents

詠嘆調第三——
我是誰？

旁白第四——**島嶼邊緣的中國**

複音第五——**台灣教會我的事**

引子——我這一代人

我記得，走路上學要穿過一條宛如龍腹的地下通道。通道始終黝暗深黑，車流繁忙吵雜，入口的電線桿時常懸掛苦主的悲泣控訴，廉價木板寫著怵目驚心的血紅大字，要求目擊證人出來指認某年某月某日將他們親生孩子撞死此處卻肇事逃逸的司機或車輛號碼；接著，我穿過一家臭氣沖天的加油站，沿著過了清晨六點就炎熱不堪的柏油路，裹在一條鬧烘烘的摩托車煙霧裡，經過酒廠、化學工廠，來到鉛筆工廠旁邊的學校。空氣時常瀰漫刺鼻廢氣味，在藍空不夠高爽的日子裡，受了汙染之後的空氣遂即鬼魅現身，混在課堂同學身邊流連不去，給每位學生除了課業以外的多餘頭痛。

沒有長鬍鬚的百年榕樹，沒有打彈珠的孩童，沒有喧鬧蟬聲充耳的寂靜午後，沒有寧靜無盡的稻田和茶園。我長大的台灣社會並不是候孝賢電影裡那個安靜帶點甜美憂傷的美麗舊世界。

那是一個急於工業化以達到現代化的時代。八〇年代的台灣，苦苦追著各式經濟指數，中小企業單打獨鬥的創業血液流竄於每個男女老幼的體內。一家子攢起來過日子，父親早出晚歸，始終見不到人，母親上班工作兼作家庭代工，小孩背過重的書包去上公立學校，剪一頭違反地表上所有美學標準的髮型。男孩唸理工和醫科，女孩唸商科或結婚，想要學舞蹈、拍電影、搞劇場、當總統，都會讓父母傷心。周圍的有錢人叫「暴發戶」。所有人均是一夜致富。有了錢，他們把孩子和錢財送去美國，除了買房子，還是買房子。

那時的台灣，還沒有日本偶像劇，「幸福」這類詞句並不太流行。

台灣的童年並不悲慘，但也稱不上是普魯斯特的貢布雷。我只記得整個社會瀰漫著一種等待的情緒。就像黑夜即將結束前的一刻。似乎，每個人都相信，只要我們不怨天尤人，埋頭工作，會有那麼一天，該有的，我們都會有。如同樹木剛剛種下的台北市大安森林公園，雖然那些樹木目前只有醜陋枝幹，一片葉子也沒有，我們滿懷希望，期待有一天它會如同倫敦的海德公園或紐約的中央公園一般詩情畫意。

有一天。總有那麼一天。天祐台灣。

作為一個孩子，我也跟著默默等待。雖然放眼望去，一丁點美麗的東西也無。只有破碎的路面，過擠的校園，汙染的天空，違章的建築，防盜的鐵窗，粗魯的成人，八股的教育，貧乏的娛樂。但，我從大人的表情知道，這只是黎明前夕的過渡期。我只要懂得閉嘴，把自己準備好，台灣社會將會如同我所幻想的一樣完美：我幻想一流的美術館，只要我想要，我都能去晃蕩，發呆；我幻想一流的劇場，每個星期五都會有令人驚喜的首演；我幻想一流的書店，周日下午我能去聽著名詩人朗讀他們的新作，索取他們的簽名；我幻想一流的建築，我能常常單獨漫遊，不做什麼，花很長很長時間享受自己的城市；我幻想，自己會成為一個作家，像海明威一樣帶個鈍頭的鉛筆，坐在一家常去的咖啡館，認真地寫作，尋求出版的機會。

我安靜地等待。寂寞地成長。大學時代，台灣戒嚴解除各種禁忌，從校園一路靜坐到了中正紀念堂，陳明章的音樂、莎士比亞的劇本、楚浮的電影、村上春樹的小說、傅柯的文化論述，隨著我成長入社會，塑造了我看待世界的眼光，同時，周圍台灣社會如同動畫片畫面般樓起樓落，道路延展，從半開發的渾沌狀態逐漸轉為成熟開化的結構，我們有了大眾捷運、美術館、書店、咖啡館、電影院、時裝店，百花繁榮的傳媒產業與出版工業，和，偉大的民主選舉。在我人生二十到三十歲的黃金時光，我的台灣努力要成為一個自由的象徵、文化的搖籃；最重要的，一個現代的社會。

在二十世紀的九〇年代中期，一度，我以為自己是一個很「酷」的台灣人。我有機會去印度旅行，閱讀本雅明和馬奎斯，懂得如何喝鐵觀音，也會寫書法。我的人生旅途上，不斷遇見陌生的人們，看見陌生的景色，而我一點也不畏懼。我只是充滿激情地向外張開我的雙臂，等著擁抱世界給我的考驗與驚喜。我是一位全程緊盯窗外飛馳畫面的旅客，當列車快速疾馳，沿途的每道光影，每種氣味、每處景色，都隨著迎面而來的勁風吹入我皮膚的每個細胞，漲滿它們，撐破它們。我是自由的。每個旅客都是一個自由的人。

自由，你會以為我要用這個字眼來形容後來的台灣社會。而我卻不是要尋找這個字眼。複雜，是我真正要使用的字眼。是的，我之所以能覺得有點「酷」的原因，是因為我的社會容許我有一點迷人的複雜性。我不是一個單純面向的人。我擁有多重身分。如諾貝爾獎得主的印裔經濟學家阿瑪提亞・沈恩（Amartya Sen）所說，「一個人可以同時是義大利人，女人，女性主義者，素食者，小說家，經濟保守主義，爵士樂迷，和倫敦居民。」身分如陽光下的三稜鏡，隨著鏡面的轉動，將會反射出不同的光芒，端賴光線從哪個角度折射。我是我以為的自己，也是別人以為的自己；不是自己看見的自己，也不是別人看見的自己。

因為複雜，所以精采，花樣，深沉，所以出乎意表。所以酷。我只要專心去活，生命本身就是我存在的目的。我以為，這種豐富的複雜性正是痛苦經過工業汙染的台灣社會一直等待的，是我的父母犧牲了他們整代人的優雅，執意要送給我這一代人的禮物：一種真正的現代性。

純粹現代的存在並不僅僅指涉多樣的選擇或多重角色的跳接。那是現代性的結果，不是起因，雖然對選擇自由的渴望確乎是個源頭。現代性鼓勵流動，容許拼貼、游移，接受各種不確定、不協調，甚至強烈的突兀。十九世紀英國畫家透納用傳統油畫技法畫出絢爛溫暖的落日，遠遠從落日衝過來的卻是一個醜陋無名的黑色怪物。那是一個火車頭。他又畫了海水波光粼粼的寧靜港口，天空旋著飛翔覓食的點點鷗鳥，裡面停泊的不是鑲著希拉女神頭像的優美帆船，卻是一艘巨無霸煙囪的鋼鐵輪船。此種不合傳統浪漫想像的異質錯置，後來成為人們見怪不怪日常景象。

一次大戰後，驚世駭俗的達達主義短命卻影響深遠，進一步塑造了現代性的面目。一九一七年法國人杜象稱陶瓷小便斗為「噴泉」，當作藝術品展出，直接挑戰了狀似完整的傳統美學定義。大眾以為他們要掀起一場革命，其實藝術不過是本分地反映了當時社會的混亂現實，如歷史學家霍布斯邦所說，前衛藝術所「描繪的對象乃是世界的崩潰」。

二十世紀初，傳統封建制度早已瓦解，歐洲剛剛經過一次大戰，自由主義面臨窘境，共產革命橫掃歐陸，戰亂與國土重組造成人們自我認知的改變，流亡遷移打亂了原本為穩定環境所凝固的文化傳統，讓不同的生活散落、碰撞、融合或相互抵制。人們對自己角色的安排全部打散重來。及至二次大戰、世紀末的網路革命，已經沒有一件事情是在個體的主觀控制之下。一個人的環境持續在變化，等待重組，重新定義，不斷詮釋。

現代性的孩子繼承了一個被徹底瓦解的世界。上一代負責挑戰威權，發動、又反對戰爭，搞性革命，拆遷語言，毀壞傳統，打垮道德。等到我們出生時，這個世界已是不可信賴，混亂無序，無法一眼辨讀了。懷疑是正常的精神狀態，「顛覆」是重複朗誦到幾近濫用的字眼；我們不要依賴、不能相信、不想崇拜，因為四周只剩扯掉虛偽外表的政治語言和人類不復刻意掩飾的赤裸慾望。我們活在一個電子化的人造幻境，當影像、聲音、味道都已是堪可操弄的物品，誰會相信自己易騙的感官所接受到的任何訊息。一旦你讀過了傅柯、德希達、本雅明、米蘭·昆德拉、夏目漱石、張愛玲，你就回不去那個純真的年代。那個真理品種非常單一的年代。

什麼是真理？就是正確答案。可以練習詮釋、試圖分析、努力理解，但不能祈求一個完美的終極解答。因為，一是，人類經驗告訴我們，沒有答案永遠正確無誤；再者，我們所面對的世界已經複雜到無法用一個正確答案就教所有人滿足而快樂。世界禁得起剖析，禁不起膜拜。真理，是傳說中的一隻獨角獸，你能用你全部的浪漫與理想去相信它的存在；但，世故的孩子不再浪費平安夜去等待聖誕老公的出現。他並不是不相信真理，而是他也準備好相信世界存有一種以上不同的真理，或，根本沒有真理。

現代性的孩子資訊焦慮，自以為見多識廣，必然難以輕易將自己拋出去，他總是先觀察，監測，再決定是否信任。現代性不容許一個人毫不保留地相信，因為主觀的情感判斷隨時會遭到背叛。現代社會機制已過度繁雜精密，無法僅靠人與人之間的信任來運作。在一個鄉民社會裡，人人都大同小異，長久居住當地，很少遷移，彼此相知相惜，分享同一價值，遵守同一份道德默契。一切都純淨，和諧，安寧，穩定，腳踏實地。人們由社區族群定義自我，被動地參與世界。德國社會學家滕尼斯（Ferdinand Tönnies）將如此鄉民社會定義為禮俗社會，而把現代世界中形成的市民社會稱為法理社會。法理社會裡，群體維繫靠一紙契約，不是美德，不是歲月沉澱的默契，不是彼此的良心，不是賺人熱淚的浪漫口號。例如紐約大都會，混雜了各色人種文化及不同歷史時期遷入的社群，人們群居一塊兒，並不是因為有一只邪惡的魔戒需要大家同心協力去找出來並消滅它之類的共同任務，而是因為慾望，因為選擇，因為隨機碰撞；個體與個體之間不純然擁有共識，結合的基礎乃是最普世的價值觀，譬如人權，譬如平等。每個人容許以自身為目的，由自己生命來定義自己，如社會學家丹尼爾・貝爾（Daniel Bell）的著名句子，「我是我，我從自身出發，藉由選擇與行動，我塑造自己。」一個人的生命狀態不全然與社群生活有關，每個小宇宙都有他自己選擇信仰的真理。

台灣社會進入二十一世紀後所感受的撕痛感，不只是政治民主的陣痛期，也是一種對現代性的適應期。台灣不再是當年一個充滿省城氣息、好男好女的有機社會。當八〇年代末我第一次看見侯孝賢的電影時，我就知道，那個悠遠恬淡的台灣社會只將留在吋吋膠捲裡。至少，那早已不是一個八〇年代長大的孩子的世界。在經歷了這麼多之後，一個台灣人不可能再對自己的歷史、身分與社會保持天真的態度。如果以為台灣社會還是那個一點也不商業化、充滿人情味、凡事都為了理想、不做任何短線操作的禮俗社會，不免顯得逃避現實，迂腐造作，且對自己的人性不誠實。台灣早已依照法理模式在運作，社會上大部分的對話與觀點卻還停留在禮俗社會階段，堅持我們擁有得天獨厚的純真，以為自己還住在一處與世隔絕的桃花源村落，村子一切都美好，村民均善良而誠實；所有外來者皆心存邪惡，意圖不軌，應該立即驅逐。因為村子是「我們的」。聲嘶力竭的悲憤之後，其實是一種自我欺騙的鄉愿。

現代性的前提即是不確定性。凡事都不能百分之百地確然。環境總在前進，朋友總在來去，工作總在改變，身分總在流動。陌生人在鄉民社會是入侵者，在現代社會是你天天一起生活的鄰居。過去在台灣，所謂的外省人是本省同胞眼中的壓迫者，後來所謂的本省人在外省同胞的眼中是一個新興的壓迫者。卡繆曾寫過一本書，書名就是《既不是受害者也不是劊子手》（Ni Victimes, Ni Bourreaux）。時代製造角色矛盾，歷史巧手改換身分，人性總是不斷遭受考驗。事物失去了永恆不變的定義，只剩下臨時安插的意義，供人們搔破頭皮，絕望地想要替自己抓點信仰的支柱。世界由水組成，隨著時空而流動無形，我們緊緊觀察現實，時時調整，想要一個澄淨的世界卻往往不可得。盧梭說，現代生活給人一個「破碎的靈魂」。每個現代人一輩子都需要跟自己的精神分裂症相處。無可逃避。

現代性一開始便承認這個世界之不可調和。現代性從來不曾尋找協調。它不否定任何一種存在，它承認本質不同甚至完全相反的事物能夠並存於同一個地球，且沒有任何意圖去撮親結合。對立與衝突，自古至今就一直存在於這個凡間。衝突並不可怕，不懂得或不願意處理衝突才致命。我以為，分裂對立是現代性的正常表徵。傳統價值向來崇拜諧和，強調一致，不鼓勵出格，避免正面衝突。表面的統一卻不能達到真正的和平，它只會造成壓抑，阻斷溝通，強化弱勢的悲憤，給予極權機會。激烈的對話也許會讓氣氛緊張，激化情緒，破壞世界大同的假象，但，至少讓所有人的想法都清楚而大聲地表達出來，每個人都會知道彼此的底限。哲學家以薩・柏林（Sir Isaiah Berlin）便說，真正的民主便在認清不同意見絕無和解的可能。你只能習慣它，接受它在你生活存在的真實，在你的餘生，一直帶著這個認知活下去。

在現代框架下，主附地位並不清晰，主流性並不等於重要性，精英文化有時反是邊緣文化，道德的純潔及理想的崇高都不能將世界帶到你的面前。個人，在一個他其實完全無法掌控的環境裡，奇異地成為他自己的救贖。科學越發達，所發現的世界越微小；社會越現代，個體的世界越被放大。台灣社會在二十世紀九〇年代所獲致的現代性，讓個體不再是被動的棋子，而能直接或間接傳達自己的意見，進而影響整體社會環境。就像文學裡，最輕巧的句子，往往更能說明真相，個體在這個社會環境的處境與其所行使的權力其實才是決定社會集體前途的終端，而不是倒反過來。群體的集體意志在現代社會不復存在。制度只是一個機制，容許一個豐富的市民社會蓬勃發展，透過市民各自獨立的生活樣貌去呈現一個社會的總貌。救贖，說到底，畢竟是個人的事情，社會只是個體道路的匯流。只要人人努力當一個好水電工，好廚師，好作家，好上司，好店員，那麼，活在其中的每個成員都會得到拯救。國家事務的確要關心，但是國家事務不是生命的終極答案，那是一個學習共同長期生活下來的結果，把國家事務擺在個人生活秩序之前，就像看一場電影時只急於知曉故事結局，卻忘了享受整部電影的過程。

現代性並不是遺忘了生命本身不可承受之重，無意漠視公眾之於私人的意義，並不意圖羞辱所有仍舊想要嚴肅研究人類生命意義的靈魂。但，現代性確實選擇「避重就輕」。正因我們所面臨的世界愈加沉重，盤根錯節，灰色不明，如果不懂得採取輕盈飛翔的策略，怕只會跟著整個世界沉淪下去。但，這並不是閃躲，不是不負責任，也不是狡詐取巧。義大利小說家卡爾維諾在他著名的《給下一輪太平盛世的備忘錄》裡談論輕的價值時，舉希臘神話英雄柏修斯為例。柏修斯穿著長有翅膀的涼鞋，藉由青銅盾牌上的倒影，得以成功砍下蛇髮女妖魅杜莎的可怕頭顱；之後，柏修斯以近乎情人的溫柔保存女妖的首級，隨身攜帶，在未來戰役中當做利器使用，擊敗敵人。卡爾維諾強調，雖然柏修斯的力量在於「拒絕直接觀視」，但是「他並不是拒絕去觀看他自己命定生活其中的『現實』；他隨身攜帶這個『現實』，接受它，把它當做自己的獨特負荷。」

身為一個台灣人，我們身上所扛負的政治符號與國族糾葛未免不是一個蛇髮女妖的首級。即使她過時了那麼久，隨便讓她炯如火炬的雙眼看上一眼，都得當場石化，不得動彈。而我們每一個台灣人都在學習別過頭去，不去直觀。雖然，所有的包袱都是我們的，不會是別人的。但我以為，現代性會是我們的巨大翅膀，幫助我們飛高，看清楚整個世界的景色，而不只是從我們所站立的地面角度。

當我小時侯穿過那條空氣渾濁、人車混雜的地下道時，我那髮型剪成西瓜皮的腦袋究竟在想什麼，我已不復記憶。但，我記得我很需要大笑。一個能夠不把世界看得那麼嚴重的機會。當周圍一切都顯得那麼嚴肅，神聖，缺乏幽默感，米蘭・昆德拉小說《玩笑》中的一個角色為了取悅眼前的美麗情人，開了一個輕薄的玩笑，那一刻，沒有什麼神聖不可侵犯的領袖，沒有什麼急欲要犧牲所有人幸福以達成的國家目標，沒有什麼不能挑戰質疑的社會準則，沒有一定要肅然起敬的理論學說，只有愛情的可能性，生命的愉悅，私密的甜蜜，真心的笑容；而，一個瘦小不起眼的中學生，可以歪個頭，瞇起眼睛，換個角度看待世界。

序曲第一——台灣人在上海

台灣人在上海

住進淮海路上的小公寓，天天經過宋慶齡紀念館。之後，兩個月，有人告訴我，這條路就是往昔大名鼎鼎的霞飛路。我的反應有點茫然。另一天下午，和朋友路過一間其貌不揚的舊公寓，手裡提著一袋水梨，沒有絲毫預警的情況下，忽然，朋友指著那棟建築物，隨口說那是當年張愛玲居住的常德公寓。我一身家常，完全缺少心理準備。把裝水梨的便宜塑膠袋換手拎，扯一下身上邋遢的襯衫，我尷尬胡亂點頭，算是聽見了。晚上，走過裝修過度新穎的靜安寺，對面一棟稍嫌俗氣的粉紅色大廈，樓下停了許多計程車，司機們站在車外，三五成群，抽菸聊天。夜很深，街很靜，街道顯得很空。啊，這曾是杜月笙的百樂門大舞廳，有人悄悄地在耳邊說。我抬頭。

我對上海一無所知。

從來沒有想過我會住進上海的公寓。雖然我喜歡的中文作家很多跟上海有關。但整件事卻是個意外。在我還沒理解發生什麼事情之前，我已經從烏魯木齊路買饅頭和菜瓜布，去華山路轉角上館子，到吳中路挑選窗簾和沙發布，上衡山路剪髮，還在東台路古董市場殺價，為了一只看上去就是假古董的機械鐘。我讓老闆算我便宜些，因為我不是觀光客，我只是要擺自己家裡用的。我一本正經地說。五分鐘後，我達到我的目的。

即便把這只老洋鐘擱在我的電視櫃上，我依舊沒有意識到我已經住在上海。我天天在那些法國梧桐林蔭夾道的老街上散步，享受初秋夜晚的誘人氣息。各色各樣雖然古老依然漂亮的小樓房嫻靜地站在兩旁，或隔著一方恬靜院子，或直接從我的頭頂俯瞰，拿她們夜晚發亮的眼眸，通過時光隧道，帶點好奇但十分節制，不緊不慢地注視著我這個陌生人，從她們的眼皮底下漫步走過。多少年，多少夜晚，多少毫不相干的陌生人，闖入，驚鴻一瞥她們生命不同時期的風采，又迅速離開。當然，她們的外表有些老了，可骨頭仍硬，穿過樹葉的微風也還那麼輕柔穩定，彷彿時光不曾流逝。無數平常人的愛慾生死天天在她們鼻下活生生進行著，她們早已學會無動於衷。

我讓我的腦子活動著。如一般異鄉人該有的反應。想把腦海裡所有曾經讀過關於上海的書本段落，默默重新溫習一遍，隨即埋怨自己不爭氣的記憶力，焦躁地想要去書店搜刮一些關於這座城市的書籍，好好惡補一番。

我其實不懂這個城市。

而我已經進入它的管轄地，成為它的子民。遠在我理解上海之前。遠在我對上海有任何想像力之前。遠在我知道有多少台灣人已經來到這個城市之前。

最後一點，很快，我立刻有了感覺。我看見他們在城市街道上開了麵包店、泡沫紅茶店、洗衣店、照相館，聽見他們在餐廳高談闊論台灣政治與電腦軟體，一家叫「真鍋」的連鎖咖啡店裡擺著《聯合報》和《中國時報》供人閱覽，俱樂部與夜總會裡跟上海小姐面貼面跳熱舞的中年人說一口台灣國語，當走進法國人開的超級市場家樂福時，那些標準台灣話給了我一個錯覺，以為自己在新北市的汐止。無論，我去到哪間店，他們都會告訴我，他們剛剛才做完一個台灣人的生意。書報攤上，包括《新民周刊》等雜誌，標題印得斗大：上海新移民，台灣人。

這些台灣來的上海新住民，先是男人隻身前來工作，不過幾年，便個個在上海置產，舉家搬遷。無論食衣住行，他們輕易融入上海市景，無一不慣。甚至，很多台灣人因為在上海住得太習慣而覺得不習慣。當初到大陸之前種種臆測，竟然不發生效用。

可是，當台灣人走在路上，無須開口，就能讓別人輕易猜測出他們的來歷。他們身上有一種氣味，肢體有一種語言，臉孔有一種神情，透露他們的台灣背景。他們走到哪裡都四處張望，喜好評論，內容不外乎是拿上海跟台灣做番比較。例如，他們見著了上海的舊建築，就會提台灣的違章建築；搭了上海地鐵，就要提台北捷運；吃了一道上海菜，就要說台灣也有；看了上海的電視，就談台灣媒體。

他們越辨認上海的面目，就越花時間描述台灣社會的長相。好像，他們不能單獨認識上海，除非他們將兩座城市放在一起，他們才能瞭解上海。

我不由得想到美國作家亨利·詹姆斯筆下那些十九世紀在歐洲的美

國人。歐洲是他們文化的源頭。當他們去到歐洲，見到那些古老的建築、美麗的雕像、綠草如茵的花園，他們感到親切，熟悉，安詳。那些文化氣息，聞上去就如他們祖母身上的氣味，令他們有股回家的舒適感。踏上歐洲土地的美國人，很難不深深被歐洲吸引。那是一個魔圈，只能選擇進去或者出來，不可能又要沉醉，又要清醒。於是，那些美國人就感到痛苦了。因為他們既為歐洲深厚的魅力所俘虜，同時又有強烈慾望想要將自己獨立開來，成就一個美國文化。他們希望有一個嶄新的國家，一個嶄新的文化身分，一個嶄新的民族。他們仰慕歐洲文化，可是他們不願意老是當別人的跟屁蟲。他們渴望創新。然而，在那個年代，他們的文化自信心卻還未完全建立——這至少還要等到一次世界大戰打完之後，才靠經濟力量逐漸確立。

亨利．詹姆斯就寫這些在歐洲的美國人。他們有時自卑，覺得歐洲什麼都好，美國什麼都不如；有時自大，認為歐洲是一個過度腐敗的舊世界，糟蹋自由的定義，缺乏生氣，而美國卻代表了一股清新的道德力量，嚴格而正直；上一刻鐘，他們想盡辦法留在歐洲，讚美歐洲改變了自己氣質的深度與對美的鑑賞力，下一刻鐘，他們抱怨這塊大陸的繁文縟節，批評住在上面的人們對男女關係不夠謹慎，表達亟欲回家的意念。重要的是，他們總是在談論自己。在巴黎的咖啡館，在倫敦溫暖的一間小客廳，在維也納的一輛馬車，在威尼斯的貢多拉舟，那些美國人焦慮地討論著自己是誰，誰又是自己。

渡過了寬闊的大西洋，他們不是來發現歐洲——事實上，就歐洲這支文明系統的觀點，是歐洲在一四九二年發現了美洲——他們是來發現自己。

歐洲提醒了他們，身分，其實是一件在美國獨立之後還沒有被完全回答的問題。

住在上海的台灣人與十九世紀在歐洲的美國人有著相似的處境。台灣人一方面在上海處處發現自己自小熟稔、乃至個人嚮往的文化痕跡，迷醉於這座城市的風華，一方面卻又想要保持某種程度上的獨立，努力要置身事外，不被歷史幻覺所捲入。台灣人面對上海的猶疑，正因為文化上的輕易跨越，更烘托出政治歧異的進退兩難。台灣社會的歷史情境又比十九世紀的美國來得更棘手。至少，當時的美國已確立是一個國家，而在二十一世紀的此刻，台灣的國家認同仍在擺蕩，仍懸疑未定，仍處於撕裂狀態。

一個台灣人去到上海，他不確定自己是否應該大力擁抱這座城市，還是應該保持冷漠的旁觀者地位。因為他猜不清他在這座城市的未來，原因是他想不到自己社會的將來。

台灣人其實「愛上過」無數的境外城市，例如東京，例如紐約，例如巴黎。傳媒熱情如火地炒作這些城市的美處，從來也沒被人指著鼻子罵過媚俗。移居曼谷的台灣人數目可能高過前往上海者。為何對上海的熱情會夾帶爭議，正好強烈反應了台灣人自己這份對上海說不清的情結。面對上海，台灣人拿捏不準自己的態度，因為我們還不知道自己跟他們的關係，或說，我們還未決定自己該跟對方維持如何的一份關係。因為我們還未琢磨出自己是誰。

這份情結反映到整個社會的輿論，就是針對上海大張旗鼓、熱鬧滾滾的討論。有人皺眉頭批評上海其實一點也不迷人，有人爭辯上海生活環境實在很差，有人懷疑上海能否有資格稱做國際大都會，有人警告共產黨的宣傳伎倆，有人說台灣人來上海當貴族、剝削大陸民工。意見紛紛雜雜，看似討論上海，其實都在討論台灣。如同那些亨利・詹姆斯的小說人物，說是巴黎晨間的迷霧使人迷惘，又說是威尼斯夕陽讓人失去現實感，其實是主人翁自己在迷惘，是主人翁想要界定自己的現實究竟是個什麼東西。這跟羅浮宮的收藏品無關。跟倫敦攝政路的琳琅商店無關。跟坎城適不適合夏日渡假無關。這只跟美國人的定義有關。

一切，一切，關於上海的爭論，無非都是台灣人在找尋自己。

如果，我們知道我們是誰，上海徐匯區的梧桐綠蔭就只會涼爽而甜蜜；如果我們知道我們的未來，上海外灘的西方建築就只是宏偉莊嚴，而不是「一堆破房子」；如果我們終能擺脫歷史與政治對個人的操弄，上海小市民的生活就會構成一幅有趣的現代清明上河圖，而不是我們極力想要挑剔的物件。如果，我們對自己舒服，整個世界就會成為澄淨而明亮的一塊居住地，上海就和其他城市如東京、紐約、巴黎、倫敦、孟買一樣，是我們可以勇敢探訪、不害怕迷失自己的地方。

而，我必須承認，這是多麼不容易做到的一件事。

在餐廳倒酒的台灣客人

這家私房菜餐廳在繁華上海價格不算低。菜單終年不變，點來點去永遠是那幾樣，蟹黃油散子蝦仁、麻醬雞柳夾餅、菊花魚柳、銀杏百合炒芹、十八鮮、花生薄餅……，可是，百吃不厭。

餐廳生意四季火旺。不事先訂桌，永遠沒有位置給你，無論你提前多早來。台灣客人尤其常來。你很容易辨認出他們，他們每個人講話口音都很像台灣電視節目出來的人物，無論他們自己怎麼分本省外省，其實一開口都是同一語法，類似發音，夾雜台灣方言俚語。他們很愛開玩笑，嘲笑自己也嬉鬧他人，有種天生愉快的開懷——或至少他們希望予人此等印象。如果是男人，身邊總是伴著不見得漂亮但鐵定年幼的大陸姑娘，吃飯一定點酒喝，情緒熱烈起來就前後不顧地大聲嚷嚷，偶爾夾雜少許台灣女性，大多精明幹練，一副很會照顧別人也隨時準備照顧別人的模樣。

今天，有四個台灣客人走進來，帶著三位芙蓉芳華的活潑女孩。菜一上桌，他們就喊著要啤酒。

烏髮挽髻、身著深綠制服的服務生有一張象牙色的鵝蛋臉，身材窈窕，手腳輕慢，我在這家餐廳來來回回吃了幾年，從沒見她笑過。她蹬著長腿從樓下送啤酒上來，一瓶瓶往他們桌上放，隨即補上空杯。架著眼鏡、長相斯文的台灣客人說話了：「喂，小姐，妳懂不懂服務客人啊？」

剩下兩瓶酒和兩個杯子在她的托盤上，她疑惑地停下她的動作。客人笑嘻嘻，還沒喝酒已經滿面紅光，說著他台灣電視劇口音：「妳要幫客人倒滿酒，才把酒杯放到桌子上來嘛，這才叫服務啊，懂不懂？」她面無表情，直接起手，舉瓶往一只杯裡倒。

他馬上大聲打斷她：「不對！不對！酒不是這麼倒的。」他伸手去接住她的托盤，「我幫妳拿。這樣，妳拿這瓶酒倒到那只杯子、那瓶酒倒到這只杯子裡，要倒到啤酒起泡，懂嗎？」

服務生仍沒有明顯表情，可是她整個人膚色轉成絳紅。其他客人都停箸。她再度拿起同一隻瓶子，一臉失去信心地往其中一只杯子倒酒。那名台灣客人音量轉高，大嚷起來：「哎呀，妳怎麼那麼笨啊？我都幫妳拿住托盤了，妳還做不到？來來來，」他把托盤以及上面的兩瓶酒和兩只杯子交還給她，把自己袖口往臂上捲，「看著啊，我教妳！」

所有人都屏住呼吸。有那麼一刻，我以為自己即將目睹美國魔術師大衛表演，他又要穿過長城了。我們的台灣客人一手一瓶地拿起兩瓶啤酒，他緩慢交叉了他的雙手，右邊的瓶子對準左邊的杯子、左邊的瓶子對準右邊的杯子，接著，他同時倒酒。啤酒猶如金色海浪衝進玻璃杯，濺起白色泡沫。旁邊三名年輕女子立即鼓起掌來，好棒喔，她們喊著。

向來嚴肅沒表情的服務生繼續漲紅著臉，隨即，嘴角輕輕牽動；居然，她微笑了。那不是什麼客氣友善的微笑，而是一抹輕蔑不屑的冷笑。

我們的台灣客人完成他的任務，拿起一只注滿酒的杯子，狠狠飲一口，心滿意足地轉身，高聲喊：「看到沒？這才叫服務。你們大陸人都不懂啦。」他坐下來，伸手用力摟住旁邊女伴的肩頭，她低胸領口露出的豐滿乳房因為他這個動作而擠出一條戲劇化縱谷。

唯有當你離開，一個地方才會變成「故鄉」。正當你以為你走了很久又很遠，所謂的「故鄉」卻以一個你不認識的男人和他的口音冷不防出現在你面前。離開了那塊島嶼，原本不相干的你跟他在其他人眼裡其實都是同一「種」人。你們是不情不願的兄弟姐妹。

其他桌的台灣常客匆匆付了帳，各自挑了方向，迅速鑽進宛如內臟的都市街道，不一會兒，便消失於上海的霓虹霧色裡。

你家電表跑太快

高小姐住在一棟上海舊洋樓裡。

入口是包鐵發鏽的老木門，樓道布滿陳年灰塵，走路時要小心不要揚起太多塵土，不然呼吸會有點困難。聽說，文化大革命時，這間三層高的獨立小樓住進了至少十個家庭。公用廁所裡沒有燈泡，每戶人家使用洗手間時，都要帶著自己的燈泡，先旋進天花板的燈座，做該做的事情後，再把燈泡拔下來，跟著衛生紙一起帶走。

她的房間在三樓。地上鋪著半個世紀前的木頭，洋鐵做的老式窗戶向著梧桐樹，夏天綠蔭在豔陽下亮油油閃著，冬天黃葉帶點憂愁輕輕落在窗台前。她每天起床都有種幸福的感覺。

雖然水管有時會不通，水龍頭流出來的水有點味道，後來改裝的現代廚房小得很勉強，但她只要腳踏著實木地板，看著屋內上海三〇年代的懷舊陳設和窗外的上海舊社區風采，她就感受一股無法描述的浪漫。

冬天來了。

上海又溼又冷。不似北京整座城市有中央供暖系統，上海必須仰賴各戶人家自行裝設的獨立空調設備。浪漫不能禦寒，高小姐必須搞一台像樣的空調機器。雖然上海不下雪，氣溫降到三度加上無止盡的寒冷冬雨也是常有的事，若沒有暖氣機、或不讓它二十四小時運轉，她肯定是捱不過這個冬天。

開始降溫沒幾天，她的上海房東跑來敲她的門。「高小姐，妳是不是用很多電？」他問。她點頭承認，沒錯，因為天冷，空調必須鎮日開著，不然她沒法在自家公寓待著。不行啊，她的上海房東氣急敗壞地說，妳的鄰居看著妳的電表像跑馬燈一樣快速轉著，把他們嚇壞了。

「有什麼好害怕的？我付我自己的電費啊。」她答，同時質疑她的鄰居為什麼要監視她的用電量；這，似乎，不太關他們的事情。

上海房東義正辭嚴地告誡她，「話不是這麼說。我們這裡，沒人這麼用電的。」她被正式地建議，應該在睡前一個小時打開空調，暖暖屋子，要上床前趕緊關掉，這樣可以省電。同時，這也是一種「比較正常的生活方式」。

我和她在宜家家居城挑選地毯時，她告訴我她的用電量已經引起全樓恐慌。大家都很關切她這個獨居女人究竟成天在屋子裡做些什麼。周末的家居城幾乎無法走動，比香港銅鑼灣崇光百貨前那個十字路口更讓人動彈不得，感覺像是整個上海市都湧進了這家店。自從中國政府放寬私人財產權和購屋貸款減稅後，趕上中國經濟建設起飛，整個上海立刻變成一個大工地，到處都在蓋樓房，時時有人在交新屋，永遠有朋友在裝修房子。

家居店裡，一張張臉孔、一雙雙眼睛、一根根手指熱切地檢視這張桌子，摸觸那把沙發，挑剔著遠處的櫥櫃，估算著腳邊低櫃的尺寸。私有權燃起人們的慾望去打造自己的小天地。經過了公領域就是一切的歷史階段，現在，只要你付得起，你能隨時添購流行時裝，不必穿藍螞蟻制服，擁有你渴望的公寓，跟人民公社說再見，購買你喜歡的餐桌，不再跟其他人吃大鍋飯。在你的私人空間裡，愛吃幾隻大閘蟹就吃幾隻大閘蟹，愛一天洗三次澡就洗三次澡，愛看多少影碟就看多少影碟，愛開多久暖氣就開多久暖氣。畢竟，我們這裡談的是私領域，不是嗎？

我們手裡摸著一條白色厚棉地毯，進行討論。旁邊，一位四十多歲模樣的女士放下手上的床單，突然，彷彿認識了十年的朋友般親熱地擠到我的身邊，也執起地毯一角，跟著我們用手指頭摸索著質料。我們停下來。

過一會兒，她嘆了口氣，真誠地看著高小姐的眼睛，替她下結論：

「不好，這不吸水。妳最好不買。」

不排隊有原因

我站在麥當勞櫃台前，耐心地等待我點餐的機會。

那是一個冷冽刺骨的冬日早晨，城西邊的萬通大賣場難得冷清，美國人的麥當勞漢堡店卻依然人滿為患。後面人潮推擠著我的背，一個男人站得如此近，我幾乎可以聞到他昨夜晚餐在他胃裡消化的味道；前面，一對情侶手指在印有花花綠綠圖片的菜單上游移，仔細地問著服務員每項餐點的內容和價錢。我等得發呆。待那對情侶正要移開，一名模樣二十八歲左右的年輕女郎推開我，面無表情地衝擠到櫃台前。

「小姐」，我回過神來，「排隊好嗎？」

她扭過纖細的長腰，一對漂亮杏眼斜睨著我：「喲，我還想，妳沒事站在那裡，幹嘛呀？」

她逕自轉身站在我和身後那個男人之間。那個男人並沒有抗議。

等我站在上海街頭，打算直行過馬路。一名中年婦女恰好橫行，從我右邊逐漸接近，要往左去。我倆的路線顯然將成十字形相撞，我於是加緊腳步，想要避免可能發生的「車禍」，誰知她也趕緊加速。我只好更急速向前，期待給她空間，讓她優游從我後方通過。不料，她的身體感受到我開始衝刺，竟然更努力要超到我前頭。我們像兩隻不自在的鴨子，振翅擺尾急行。終於，直行的我與橫行的她狠狠相撞。

她不生氣也不吭聲。我倒是很沮喪，乾脆停下，完全靜止，像名觀眾看著她四平八穩從我前方慢慢繞過，繼續往我左手邊邁進。

中國人對身體空間的不講究令我不解。若是一個西方人上了公車，看見三個雙人座位，其中兩條座位各坐了一個人，那個西方人通常會挑選最後一個完全無人的座位，中國人卻常常選那兩個已經坐了其他乘客的位置。中國餐廳習慣將客人擺在同一區，客人通常也不那麼在意隱私，大家擠坐一角，大聲吼叫談話、吃飯，任一大片餐桌完全空置。在電梯口，雖然還未發出超重的警告聲，電梯的空間卻顯然已經擁擠如玉米罐頭，外面仍會有人邊嚷著「擠一擠」邊將自己塞入幾乎沒有空氣的鐵箱子裡。

公共空間的運用，跟人類的動物本能多少有點關係。動物通常注重保有自己的地盤，不喜歡闖入者，不歡迎陌生客，始終刻意與他者保持一定距離，以策安全。中國人的不排隊習慣，固然可以解釋為國民生活素質有待提升，也能說是自私求便的心態；但，我總懷疑後面還有更深層的文化心理。如果純粹只是自私的動機，那麼，為了保護自己的隱私與身體地盤，他們會像西方人一樣要求別人尊重自己的空間，因此自願遵守公眾場所的生活禮節，以求取自身權益的保障。可是，他們對別人侵犯自己的空間並不在意。在機場，人們互相插隊，很有默契地對這種混亂現象保持沉默。有人插你的隊，你也可以插別人的隊。別人街上撞了你不道歉，你撞了別人也可以不道歉。拍拍自己肩膀，頂多皺個眉、嘖個聲，大家各自上路。沒事。

我以為，這是一種排除獨特性的習慣。所有人都習慣一個簡單事實：中國有十三億人口，而「我」，不過是其中之一。藍色大海裡一滴無臭無味的透明水滴。在集體生活裡，沒有一人的個性應該被標示出來。每個人都心安理得地接受這個命運，因為它利用一種阿 Q 式平等，安撫焦躁不安想要特殊待遇的靈魂：你的生命不重要，其實，別人的生命也同等不值錢。中國，就是人多，不然你要怎麼樣。

不是惡意排擠，不見得故意粗魯，而是因為不認為自己有權爭取或維護自己的身體地盤，也長期習慣遭到侵犯，於是，他也不知道需要尊重別人的身體地盤。因此討論人權時，中國人時常會充滿懷疑，不能相信一個「人」應當擁有一些受到絕對保障的生存權利，即便他人以官員、社會或國家的名義也都不能輕易侵犯，若他們侵犯了就視同犯罪。

為什麼要排隊，因為排隊代表了一種象徵性的社會公平，就算總理來了麥當勞櫃台前也得排隊。在社會秩序之前，沒有任何人享有特權。當中國人開始排隊的那一天，也許，中國人權情形就會得到相當的改善。

宋小姐

那扇門後是一處當做衣櫥的小型房間。如今空蕩蕩的衣架下面堆了一小撮衣物，我動手翻了翻，在一塊陳舊的白色絲綢下，一雙厚跟黑色高跟鞋裸露了出來，前方有漂亮鏤花，串上黑緞鞋帶，那是一雙會令當今任何設計師都感到驕傲的作品。一頂黑色法式女帽握在手裡，質感細緻柔軟，樣式精巧時髦。我幾乎可以看見這些衣物的女主人如何用她的纖纖玉手打開衣櫥，穿上那雙高跟鞋，繫好緞帶，把黑色扁帽斜斜別在她的髮髻邊，她輕巧地沿著寬大的紅木樓梯來到客廳，壁櫥旁的書架上擺滿英文書籍，主題關於婦女解放、英美詩選、中國歷史和經濟理論。經過一排長形窗戶，春天滋潤的微風吹進屋子，她推開木門，走到林木扶疏的花園，幾年後，她與蔣介石的婚禮將會在這裡舉行。

我看見她在自家花園停步回頭，因為她的弟弟從三樓的陽台喊她。兩個弟弟仍小，她們的父親卻已經走了。她與母親和兩個弟弟因此遷居到這座上海陝西北路上的獨門宅院，洋房設計者英國強生先生也是和平飯店的建築師。我看見的她仍單姓宋，年輕健康，自信優雅，飽讀中外書籍，是一位外表時髦、個性鮮明的富家千金。她那感情豐沛的姐姐宋慶齡剛剛風風光光嫁給了推翻滿清政權、建立現代中國的著名革命家孫中山。愛情令宋慶齡忽略年齡與財富的差距。可是，她呢，人們總是說她是三個姐妹中最冷靜現實的一個，難道她真的一點也不愛那個軍人就嫁給了他嗎？見了她的法式扁帽，我有點懷疑這個說法。

歷史已經很久沒有見識如此女子。宋家在十九世紀末一口氣出了三名。跨過三個世紀的蔣宋美齡活到二十一世紀初才過世於紐約長島，倫敦金融時報感慨評論，她一生宣稱為中國的現代化和民主化而奔走，以她的個人魅力與涵養為體質衰弱的當代中國贏得諸多盟友，最終，卻被自己言行不一的專制作風所背叛，乃至臨終，無論是台灣的民主中國或北京的現代中國都不願意敞開胸懷接納她。

我穿梭於宋家老宅，感受到的卻是一名年輕女子的野心與夢想。世界正在對她開放。中國處於混亂，清朝結束，社會階級崩潰，尚未完全建立的新秩序卻已經被一群自私求利的傢伙拉扯得破破爛爛，各式遠大理想被來歷不明的野心分子所挾持、濫用。那是個見不到一絲光明的黑暗時代。這個為家庭財富所保護的年輕女人卻與她兩個姐姐繼承了父親的恢弘性格，一點也不為殘酷的時代巨輪所懼。她們被當做男孩般送往最好的海外教育機構接受洗禮，在二十世紀初剛從封建制度下解放出來的中國，她們的學問與膽識才是她們真正依恃的財富。

而，她們迎向時代的呼喚。

是是非非都是後來的事情了。同一個宋家，同一座上海，既出國民黨又出共產黨。雖然城市新興資產階級的宋家曾經在上海擁有那麼多家產，宋家女兒各以自己的方式積極投身建設新中國，上海最終被世界記憶的身影卻是另一個當了「漢奸的女人」的張愛玲，那個封建清朝殘餘下來的孫女，用她政治不正確的一生躑躅在新中國陰影的邊緣，即使已是一片頑山惡水，依然是她與當時千萬中國人唯一所知並且依戀的地平線。

走在今日的上海市，仍有人指出哪裡是宋家宅院，哪裡是宋慶齡故居，哪裡已改成餐飲場所。陝西北路三百六十九號是唯一仍隱密躲在時光面紗之後的宋家花園——據說汪道涵曾經在這裡辦公，又改為宋慶齡愛心會所的會址——依然不對外開放。蔣宋美齡和家人在此住了八年，直到她出嫁為止。我模模糊糊在胸腔裡攪動的情緒，不是昔日官前燕飛入尋常百姓家的感嘆，不是歷史無常的唏噓，也不是權貴落魄的反諷；竟，是一種青春的浪漫。

我看見那名斜戴扁帽、腳穿靚鞋的現代中國女子，她一無所惑地迎向自己與這個國家交纏幾乎整個世紀的命運。她無懼的青春，才是我隱隱感懷的原因。

我倆沒有明天

究竟，他是怎麼一點一滴地搬進她家，台灣姑娘王小姐其實毫無線索。

她來上海工作了一年。他在她常去的美髮沙龍工作。家鄉在安徽，他的手腳細長，氣質慵懶，有著女人般的腰身和一張英俊的臉。稍加打扮，他看起來就像一個等著哪天成名的日本偶像男孩。

他之前在浦東工作，兩年前轉到浦西最負盛名的美髮沙龍工作，卻剛好趕上這家店生意開始衰落的時期。不過四年前，這間美髮沙龍髮型師的第一名業績可以高達人民幣五萬元；如果長得夠可愛而當月客人也對小費夠大方的話，幫一個客人洗頭只能賺到三塊錢的洗頭工有時也能月入破萬元。

然，過去三年，上海發展太過快速，外來人口激增，產業型態改變，物價瘋狂上漲，這條街上原本只有他們一間高級美髮沙龍，現在短短幾百公尺的距離就已經開了九家。

另一種說法是，四年前，店裡髮型設計師之所以收入高，因為他們都被有錢女人包養了。美髮沙龍裡的髮型設計師、洗頭工、美容師一無所漏地來自上海鄰近的窮鄉僻壤，平均年齡只有二十歲左右，年紀最大的美髮師也不過二十六歲。但他們的容貌卻散發豐富人生的韻味，舉手投足無不老成持重。

然，不管外表看起來多麼成熟老練，他們身上散發的青春荷爾蒙是無可置疑的。

城市令他們成長。

當其他孩子透過教育成長，這類孩子透過身體成長。他們用他們的身體去認識這個世界，直接用他們的身體跟他們棲身的城市談判、交涉及交換。而，這個城市也只想要他們這具身體所提供的勞動力。各方面的勞動力。

不必多加解釋。他們明瞭，聳肩，滿臉不在乎。彷彿這個世界不可能有其他長相。除了勞動力，他們也沒有其他可以貢獻給這個城市了。他們的青春根本不值錢。

台灣姑娘王小姐最初只想去享受他們的洗頭按摩。她看不見美髮院那些年輕臉孔後的滄桑。可是，她注意到那張漂亮的男孩臉龐和那些正在撫弄她頭髮的長指頭。她以為，跟髮型設計師打情罵俏沒多大礙，因為據她個人經驗，長年累月與女人打交道的髮型設計師應該是非常花心的一種男人。於是，他們開始在他下班後約會。

不到三個月，他已經住進了她家。

「他們這種人是沒有行李的」。她解釋給我聽，「他並不是一點一滴地將自己搬進你家，像今天留下他的大衣、明天拿來他的吉他什麼的，他不須擇個吉日去安排搬家公司。他來了，就來了。」

但，我仍無法在腦海繪出男孩的生命圖像：「可是，他總有點什麼吧？心愛的鞋子，幾張音樂唱盤，有猴子圖案的馬克杯，胸前寫了『我倆沒有明天』的T恤……」

「我後來理解，他們的收入情況遠遠在你想像之外，他們還要寄錢回家，所以他們的金錢概念與運用方式完全來自另一個世界。他們棲身在這座城市的方式真的是一種寄居心態，他們買衣服只買當季最便宜的商品，然後他們整個夏天或整個冬天就穿這兩套衣服，一直穿一直洗，等到換季，他們就真的換季，即扔掉身上這一套已經開始破爛的衣服，重新買一套當季最便宜的衣服，穿到季節結束為止。跟農耕循環的概念幾乎差不多。」

「那書呢？他們的書呢？」從她的表情，我知道我的蠢問題不過洩漏了我小中產階級的背景。中產階級總愛蒐藏，旅遊照片、書籍、從小到大的成績單、黑膠唱片、甚至旅館的火柴盒，藉由收藏以達到一種無形的富裕感，進而形成「我收故我在」的安全感。我不怕活在這世上，因為我有這些東西，讓我顯得品味卓越，人生過得很特別。而我們的美髮師是一個道地的無產階級分子。

「他們真的身無長物。他們的一切都能隨時丟棄。所以，他搬進來時，你真的根本不知不覺。不要以為他會很正式地帶根牙刷來按你家電鈴，他可能只是來喝杯咖啡，過夜之後，他就已經進駐你家。」

相對地，若分手了，應該也很容易讓他離開吧。王小姐聽了，不置一詞，眼神深幽。

兩年後，他仍住在她家。

昔日八國聯軍今日只愛老中國

一頭金髮，臉型狹長如顆橄欖球，鑲著一雙細長如華人的深灰色眼睛，就一個外國男人來說，他的長相並稱不上俊美。唯一引人注目的，是過去軍人訓練給了他挺直勻稱的身材，讓他站在初夏翠綠的上海街頭顯得玉樹臨風。

之前，他在南洋一帶服役於英國皇家海軍，退役後便到中國廣東一帶發展，去了北京，然後來到上海。一晃，十年過去。

提起中國，他滿腹牢騷。雖然中國給了他一份事業，兩棟房子，年輕性感的妻子和一對活潑聰明的兒女。安定成家之前，據說，許多中國美女作家都與他有過浪漫關係，有書為證，因為她們都把他寫進自己的小說裡。她們那些充滿愛慾告解的小說被翻譯成各國語文，擺在世界各地的國際機場和超級市場裡販賣，展示中國年輕女人的靈肉冒險，外國傳媒驚嘆為中國的新臉孔，宣稱不是資本主義、而是一場中國新生代女性的性革命，將會改變這個古老國家的面貌。

然而，再多東方女性溫柔也安撫不了他的憤恨，坐在一間家庭式的韓國烤肉餐廳裡，他兩指之中的香菸裊裊燒著：「這整個國家全扭曲了。你不曉得這些人腦子裡都在想些什麼，他們不是正常人，你知道嗎？」

他談著他的中國合作夥伴，因為分帳不均，寧可去工商局舉發他逃漏稅，也不肯坐下來好好跟他談判，「他們不是商人，也不能像個商人。商業邏輯不是他們的思路。尤其，遇上了外國人，他們有太多的民族情結。在一個正常的市場裡，商業談判的往來是常見的場景，你要這個，我要那個，大家來商量，妥協條件。如果我們要同樣東西，就看誰能出多點價錢把它買走。這裡不行。只要我殺價狠一點，談判態度強硬一點，這在資本運作本是理所當然的常態，他們立刻拉長臉，開始跟我談鴉片戰爭和八國聯軍。」

他噴一口菸，煙霧很快混入韓國火鍋的白色熱氣中：「關係、關係，他們只懂得一直談這個。什麼時候他們才學會依照市場規則做生意。」

餐廳位居上海老社區的一條小街裡，空間侷促，不過擺了三張四人位的桌子，四周牆面像剛從油鍋撈上來，地面因為長期累積的油垢而踩起來黏不拉幾的，桌面也不適合拿來擱穿了白襯衫的手肘，他仍不顧一切把穿了白色襯衫的手肘往桌面擺，興高采烈地說他只喜歡這種看起來不乾不淨的小餐廳。挑起嘴角，眼神帶笑，他毫不客氣地嘲諷上海新天地跟迪士尼樂園沒什麼不同。

「你不認為中國必須現代化？」我問。

「現代化並不是代表拆掉所有的舊建築，建造高樓。這些老樓很漂亮，只要能稍稍整理改建，就會很好。這個，我們外國人最懂。硬體不是一切」，他指一下自己的腦袋，「軟體才重要。」

他在鄉下買了房子，改建成英國鄉間別墅，邀請所有人去度周末。一如往常，他還是在批評他的中國合作夥伴。他那不過二十五歲的中國太太穿著緊身牛仔褲，抱著周歲大的女兒，用一口不純熟的英文談論他們想要回去英國定居的打算。

他搖頭，再搖頭：「我花了十年時間，中國始終沒有改變。前兩天，我跟中方代表談判，我發現，我現在面臨的問題仍是十年前我面臨的相同問題。一點都沒有改變。同時，我心目中的那個老中國卻一點一點在流失。」

什麼是他心目中的老中國，他談著胡同，可他沒法回答如何解決胡同的衛生設備。他的中國太太只想回英國定居，他的家鄉在威爾斯省西南方的一個小鎮，據說離海邊只有三小時的車程。他的青春妻子一臉神往地描述英國海邊的冷風。

有人問他回去以後做什麼，他瞇起灰色眼睛成一條細線，點上一根菸，沒有回答。

京白第二——誰的北京城？

誰的北京城？

我坐在百貨公司地下室的咖啡館裡，發呆。

奧運前夕，向來為北京城中心軸的長安大街兩旁升起了一群亮晶晶的國際風格建築。像是孩童收集的心愛模型，這些建築物被主人翁慎重放置於大道兩旁，當車輛迎著日升日落的方向奔馳時，坐在車上的司機與乘客總教高纖維玻璃上的太陽反光迷醉了雙眼，以為現代中國的門面就該如此摩登輝煌。

沿著長安大街一路往東，到了大望橋，高不見頂的國際建築戛然中止，視野忽然拉闊，舊北京的低矮地平線重新映入眼簾。就在視線由高入低的臨界邊上，站著台灣商人一手打造的新光新天地。低調而奢華，剛剛開幕不久，新光新天地很快成為北京最高檔的百貨名店，能想到的名牌商品，這裡通通都有。北京做為廣大中國的首善之都，終於有了一間氣勢磅礴的高級百貨商店，足以傲視全亞洲。主事的台灣企業拿出日系百貨公司的經營哲學，確認每一個細節完美無缺，從手扶梯動線、地面鋪陳、攤位陳設、廁所門鎖到室內噴泉，完全對位。

樓上有世界聞名的台灣鼎泰豐點心，樓下有全球知名的法國馥頌美食店，中間一層層堆滿了地球各地運來的服裝、珠寶、手錶、運動用品、電器、寢具、鞋履、手袋，整個空間溢滿了香氣、裝飽了顏色、擺足了物品，舊貴卻乍富的北京人悠閒自在地從這頭逛到那頭，由那層晃到這層。皇城根兒下的子民挺胸昂首，他們的文化自信如今又增添了物質的驕傲，這會兒中國重新見識了什麼叫大唐盛世、滿清皇朝，天朝之國正是如此。

我就窩在新光新大地的馥頌咖啡館裡，右手邊的櫃子上裝滿了法國空運過來的咖啡、果醬和巧克力，穿了黑色圍裙的北京年輕人為我端來一塊草莓滿綴到搖搖欲墜的鮮奶油蛋糕。我的視線注視著那塊令人垂涎的草莓蛋糕，腦子卻轉彎突想，我現在坐著的這塊地方以前究竟是什麼地方，是否也有個跟我年歲差不多的女人在周末的下午，閒閒地坐著，不特別做什麼，只是端著一杯茶水，出神地端詳自己的人生。

她的人生被搬到哪裡去了？終止了，還是在另一塊陌生地重新開始？新的人生是否仍與她原來的日子一模一樣，還是已經因時因地改變了風貌？她是否會懷念她在老北京生活的歲月，那些冬日晨光穿過煤炭的微粒，隨著清風送來的夏日溫度，搖晃著樹葉婆娑的秋天影子，每年初春時節鳥鳴花開，是否依舊喚起她靈魂深處的極度傷感？

她是否也像我想起以前住在北京城內的日子，消遣娛樂並不多，不過是去日壇公園伸伸腿，到後海喝喝茶，跟朋友見面吃飯，高談闊論四處聽來的八卦，每個人總試著做點什麼卻因為種種莫名因素永遠也完成不了，寫小說的總沒寫完，辦雜誌的總沒辦成，拍電影的總沒開拍。夢想永遠那麼遠大，眼界永遠那麼遼闊，說的卻總是比做的更顯得漂亮些。北京城的氣勢讓所有居民中氣十足，腰桿挺直，他們的眼睛看天下總是帶著那麼點兒睥睨的角度。風塵僕僕的異鄉人著書、做官、搞革命，北京人則消磨著日子，最後只結了婚、生了子，然後讓孩子跟自己一樣有一搭沒一搭地活在中國歷史的陰影下。

北京人哪裡也不去，什麼也不做，他們等著世界自動送上門，等著整個中國替他們創造歷史。中國的歷史，就是北京的歷史；不，北京的歷史，就是中國的歷史。如同法文作家不去巴黎出人頭地，就永遠別想寫進法國歷史。北京如同坐享其成的老漁翁，頭笠一歪，迷迷糊糊地打盹，任時光流逝，中國和她的廣大人民自然會幫這座城市造史。

那，那個我想像中的北京女子呢，她的歷史算是北京的歷史，還是中國的歷史？

出了新光新天地，迎面而來是一根工廠的煙囪。以往，煙囪禁止蓋在市中心，但因城市擴張，煙囪赫然進了市中心的版圖，站得又直又挺，像是一個隨時準備捍衛政權的士兵；然而，在嶄新的城市氣氛裡，煙囪遲早不能久留。我想像中的那名北京女子早早搬往煙囪以外的境地。她跟其他異國大都會的女子一樣要開始住在所謂的郊區，搭地鐵、坐公交、駕私車，路途迢迢地通勤上班。曾經那些悠哉的生活神態和神氣的文化自尊，都只能跟著胡同一塊兒拆遷到城市的邊緣。

市中心留下宏偉壯觀的商城、辦公大樓、公家機關和劇場，入了夜，就空空盪盪，乾乾淨淨，聽不見嬰兒的哭聲，嗅不到廚房烹煮的氣味，沒有鄰居出來納涼的閒談，也沒有夫妻打架的吵鬧。

車輛背日而馳。長安大街塞車早已成為北京城的神話之一。城的另一頭，新加坡人開的餐廳裡，宛如大開本畫冊的菜單上面零零落落印著幾句絕句，要找出菜名，得先搖頭晃耳朗誦出那些拼湊一堆假裝是詩的中文單字。沒法從那些字裡行間找出你的食物，就別想點菜。文化大革命打落的中國老東西又回來了，這一世，她化身為一名濃線鳳眼、挑逗朱唇的陌生女子，換上巴黎時尚衣縷，露出纖細長腿，滿口中洋混雜，被帶回她的出生地，與自己的前世面對面，卻互不相識。

讀過了新加坡人的唐詩菜譜，還要去見識英國名家設計的夜店。大把大把深紅帷幔從天花板垂掛到地面，方便店家隨手拉來拉去，機動隔間讓客人坐。原本用來請女皇上座的華貴巨椅，椅背高聳，雕滿神話中的動物，早已讓位給眼神邪惡的夜遊神。牆面、天花板四處掛著英國貴族的畫像，櫃子裡極力擺滿世界各地蒐來的紀念品，做成蠟燭形狀的燈座雖閃爍不定卻流不出燭淚。外地人得意地坐在軟沙發上，開香檳酒痛飲，慶祝自己征服了北京城。

我的北京女子正坐在「郊區」家裡，一面搖著扇子，一面看著難看的電視節目，追著孩子，罵著丈夫。窗戶推開，外頭，全是工地。微風，就跟北京人冷眼看趾高氣昂的外地人進城一樣，撩不起一絲激情。

夜晚越來越深，路過新蓋落成的國家大劇院，躺在深藍夜空下閃閃發亮，好似一架剛剛從火星降落的太空船，又如那天空是海，而大劇院是條倒扣過來的船腹，靜靜徜徉於夜空的清涼。月光映出建築物的漂亮弧形，彷彿新生兒的稚嫩側臉，揭示未來的長相。旁邊，隔著一條街，看似廢墟、其實不過是年久失修，暗沉沉的胡同垮著一張臉在黑夜裡瞪視著外來者，驕傲，自滿，又帶點好奇。直到這一刻，北京人還是不失他與生俱來的優越感。

但是，自我感覺良好也擋不了隨著奧運浪潮而拍打過來的新世界。

天亮之後，昨晚在自己新建城堡裡喝個爛醉的外地人越加意氣風發，信步走在他們口稱「新北京」的大道上。向來只習慣政治權貴的北京似乎逐漸要習慣其他類型的權貴，商業權貴、流行權貴、外國權貴、高科技權貴、文化權貴等。不接受也得接受。北京本是權貴之城，當然越多權貴越好。就像倫敦，全世界誰發達了誰不去倫敦買個房子，美國明星、俄國富商、阿拉伯王子、香港名流、澳洲政客、非洲領袖，全擠向倫敦落腳。

不是權貴的我搭了飛機，與魚貫進城的各地權貴反向而行，與我想像中的那名北京女子同行，離開了北京。飛機落地，就聽說我坐著喝茶的高級百貨公司出事了。一大早，還沒開店，兩百名穿制服的公安大舉進駐，就在那些脂粉霓裳、進口食品和摩登小家電之間，當場解雇所有的台籍員工與日籍幹部，還把台灣合作方的少東主從一架即將起飛的飛機上直接請下來帶走。因為商業糾紛。

我不由得想起前個夜晚那些酒酣耳熱的外地人。他們是那麼志得意滿，那麼有把握五千年歷史的中國已是他們的囊中物。他們就像身手矯健的猴子，不相信以自己的本事會摘不到樹上那些紅豔欲滴的果子。

北京城的安排本是為了服務一位皇帝。城看起來像是一盤棋，很多高手均以為自己只要懂得下棋，這座城市就會是我的。坐上北京棋盤的中心，就能擁有北京。擁有北京，也就擁有中國。這就是北京的奇特魅力，它讓所有人有個幻覺，以為自己就站在世界的頂端，包括過去那些因為歷史意外而暫居高位的皇帝們。有了北京做後盾，他們就能隨心所慾，恣意妄為，因為天下將為他們所用。

然而，在這個為君王而服務的城市裡，每每完成的不是一首詩、一本小說或一部電影，而是所謂的人類的命運。無論是君是臣是民是男是女是老是小，都得在這個所謂人類命運的偉大使命之前卑躬屈膝。而人類集體命運總是無常、殘忍而神祕，為了追求一時的史詩高潮，什麼都能順手拈來，順路碾過。

我告訴自己，不要被那些國際風格的建築物所矇騙了。每個想改變中國的人，最後都會被中國改變。蒙古皇帝、滿洲貴族、八國聯軍還是國際資本家，都不過是想要摘果子的猴子。

世界第一在中國

她用什麼都是世界第一流。

最好的品牌，最貴的衣服，最新的設計，最了不起的汽車引擎，最令人愛不釋手的高科技產品，最先進的房屋材質，最棒的咖啡壺；她手上拿的、嘴裡吃的、身上穿的、家裡裝的，全是西方流行雜誌當期報導，全紐約這個季節瘋狂搶購，最後是倫敦店員按照她的訂單裝箱快遞寄來，但她還不滿意，自己又親自飛了一趟倫敦，去店裡換成她想要的顏色。

如果是她辦了一場宴會，那一定要是全北京最熱鬧煽動的場子，所有沒能出席的社會名流都暗自在家流淚啃指甲；她出門旅行，也肯定是一場前所未有的人類經歷，你最近的尚比亞之旅最好在沒開口前就自動吞進肚內；要是你想反向操作，大肆宣傳你悲慘的印度之旅，那也不成，她還是有一趟比你來得更悽慘更不知所謂的阿富汗之旅。

她是天生的沙龍女主人，注定要當夜晚每場聚會的明星。

白皙的手、捲而厚的長髮以及弱不禁風的瘦長身子，都說明她的身世：北大畢業，幾乎嫁給了權貴子弟，但去了國外，留洋十年，嫁了老外，拿了外國護照，在紐約當了五年的家庭主婦。現在，她是個嬌貴的中國海歸派。

「今天在中國，不講究不行。日子難過。」她的長指甲擦著亮亮的貝殼色，動手整理她腳上的香奈兒足靴，順手拉正身上的英國名牌格子短裙，她說她絕不買假貨，然後拿雜誌上新款的法國時尚手袋給我看，「天啊，我看了這些好東西全身就發冷。一動也不能動。」

你不能跟她比賽誰最講究生活，最懂得國際流行，最知道世界精華，因為她知道什麼是全世界最好的品味，甚至她打算辦本雜誌專門介紹這些「中國最好的東西」。她所有的海外經驗都讓她有足夠的自信，她可以也應該教導其他中國人關於品味的重要性與正確性。她也的確身體力行。想要知道去哪裡買「對的」蛋糕，吃「對的」晚餐，見「對的」人，喝「對的」酒，混「對的」場所，你能從她那裡得到所有正確答案。

生活方式在現今中國是有對錯的，沒有絲毫可以打混的空間。你可以在一些「對的」場所見到像她這類知道對錯的人。

他們那麼用力在經營自己的日常生活，整理這些中國城市的社交圈子，樹立某種主觀的審美標準，你幾乎會忘了中國官方發表的人均所得數字還停留在美金二千元。他們是中國社會的新貴族，所謂的「高級灰」階級，失去了純粹黑色與白色的分野，而是世故的都會顏色。針對他們而辦的雜誌一本本上架，針對他們而開的餐廳一家家開門，針對他們而賣的衣服一件件擺設，針對他們而蓋的建築一棟棟拔起；而這些賣房子的、賣衣服的、賣美食的、賣資訊的，也是他們自己。他們既是生產者也是消費者。

誰都是誰的朋友，誰都認識誰。

北京城這麼大，全部的人卻都活得像在同一個小村子裡。

在第三世界當第一世界的知識分子是寂寞的。這些知道生活美學對錯的現代中國人也十分孤寂。他們覺得西方人不了解他們對生命的掌握力與創造力，在東方他們又找不到足夠的觀眾來聆聽他們對生活的意見與鑑賞。他們的富裕既是無形也是有形，卻得不到他們應得的社會。

如果她不是中國人，不是生長在一個農民還占大多數的國家裡，她就會擁有足夠的眾人目光注視著她，理解她的秀逸出眾。但，出了國，繞了一圈，遠渡重洋的不僅是她的身體，還包括她的青春，拖著包裹亞曼尼披肩的中年身子回到中國，她感嘆她的失意：「什麼時候，這個世界才能知道一件簡單事實，那就是中國其實一點也不落後。尤其在品味方面，中國完全足堪世界第一。」

計程車司機的社會正義

我在長安大戲院前招了一輛計程車，請司機送我去東三環。平常不堵車的日子，這段車程只要人民幣十二元。我上了車，便開始使用手機。通話一陣子，等我關上手機，車資已經跳表至三十二元，而我的目的地還沒有到。我皺眉，清清喉嚨，用一種玩笑語氣進行友善的斥責：「師傅，繞路繞得有點過分了吧。」

他不說話。氣氛很緊張。我正要重新開口，他忽然很大聲地說：「什麼過分？我剛剛聽妳在電話上談妳要去上海、香港，還會去倫敦、飛台北。我說，妳是做大生意的，跟我計較這麼一點錢！」

我愣了一下，想要抗議：「師傅，我們打工出差，賺的也是辛苦錢……」

理三寸頭的計程車司機轉過頭來，他的圓眼珠暴凸，幾乎要從眼眶蹦出來，他喊得如此震耳欲聾，嗓子都因之有點撕裂：「辛苦？妳坐飛機，打出租車，妳會辛苦到什麼程度？」他堅持，我根本不該跟他爭辯這溢出來的幾十塊人民幣車資。簡直，他是國稅局，而我不過是在繳納我應付的稅金。

我下車時，付了四十二元人民幣。師傅還附贈我一句歧視女人的髒話。

捷克作家伊凡·克里瑪寫道，「偉大的意識形態之所以迷人，或許因為它們想像出一個較少疑問的過去，或許因為它們展望了一個和諧的未來，到那時人人都將按需所得」。這些觀點因它們的簡單樸素，而獲致廣大傳播，得到熱情支持，因為人們對它們所傳達的美好未來懷抱著強烈的希望。在中國，我不得不去思考，為什麼到了後來這些充滿救世激情的社會理想竟然無法拯救我們。

時代一輪輪過去，人類一代代出生。每一個新出生的人總是看見無權者與有權者的持續鬥爭，體驗無錢者與有錢者的永恆爭奪，而每一代人都會找出他們最終的關注，以他們的熱情，用他們的方式，奮力想要改變人性的軌道，扭轉地球運轉的方向。可是，人性卻像宇宙的黑洞，不但吸進吞淨一切有生命、無生命的物件，甚至讓它們消失無蹤，彷彿從不曾存在。

中國並不缺乏雪白的熱情。從清末反封建革命、五四運動到無產階級革命，每一步都是這個國家、這個民族奮力要邁向一個更高理想的企圖。這個計程車師傅的人生在上個世紀時便已經被許諾。遠在他出生之前，就已經有人為了他的快樂而設計了藍圖，發現了真理，推動了革命。希望他來到這個人世時，他就不會再像他的祖父先輩一樣活在一個被社會階級、非法特權與腐敗習性所統治的世界裡。

他理應要活在一個更公平而理性的環境裡。因為歷史曾經允諾過。這項保證顯然沒有得到實現。他聽著我在電話上計劃我的旅行，知道我的移動自由，猜測我的金錢自主權，他感到憤怒。他憤怒的原因非常直率：因為他覺得他沒有。為什麼他沒有，怎麼可以他沒有而我有，這些問題其實都有現成的答案，但沒有人能保證完美的解決方案。

社會制度其實就是關於利益的分配與生產。如何將利益合理公平地分攤到團體裡的每一個人身上，是每代薛西弗斯拼命要滾動的石頭。這個大問題，無法在一篇微不足道的小文章裡被解決，也不能靠一趟計程車溢資而得到平反。但，公平分配不見得是「平均分等」；我以為，這正是人類在追求烏托邦時所習得的教訓。羅素曾說，「正義的原則抉擇於無知的面紗之後」。平等，指的應該是機會上的對等，即一個人無論出生於如何的社會階級或家庭背景，社會將一視平等地處理他們對人生的期望與幻想。機會的給予才是重點，而不是齊頭式的平等。我被給予了我的機會，人生的成敗由我一個人負責。我出生的社會給了我一個公平的起點。

而這名計程車司機是否有過他的機會，他的共產社會是否給了一個公平的起點，他沒有給我答案。在寂寥清冷的北國街頭，他僅以他自認正確的方法從我這裡直接而赤裸地得到社會利潤的再分配。

農民白領

他戴著一副圓框眼鏡，年輕沒有皺紋的三角眼充滿憂慮地瞅著她，「妳不明白啦，妳不會明白的啦」，他的聲音比一般男孩子高一個音階，說話永遠像在趕火車般急迫，喘不過氣來，「我一個人，那麼小，去了南方；深圳真是個非常非常寂寞的地方。一個孩子在那種城市的夜晚什麼事情都會做得出來。」

為了跟她解釋他為什麼會連續一個禮拜都睡在公司會議室，他開始叨叨絮絮說起他離鄉背井的故事。他說他河南老家的貧困，談深圳日子的辛酸，回想在上海工作如何遭人歧視，忽然拋一句：「我只喜歡北京。

可是北京太大，空氣不好。」

那樣可歌可泣的個人成長史，並沒能使一滴眼淚在他自己的眼眶裡轉動，雖然他的聲調已因強烈自憐而哽咽，帶著哭腔。他身上是北京國貿商圈買來的襯衫，拿著有照相機功能的新款手機，手袋是暗棕色國外名牌包，他卻宣稱全北京他找不到一處睡覺的地方。然後，他怪罪她這個上司，「妳不是說公司可能要派我去上海？所以我才把租房退掉，全力配合公司安排。我都聽命於公司。」

她看著他。白淨，斯文，口齒清晰，打扮整齊，他看上去完全誠實可靠，勤奮進取。可是，從頭到尾，他說的話一點道理也沒有。

她還聽著，沒有開口，他卻激動起來，收了嘴，一陣風似地轉出去。人事主管緊跟著進來，輕聲細語地解釋：「您一定要跟他說清楚，沒有人可以在公司過夜。這是原則問題。每天晚上，沒人知道他在公司做什麼，隨便花公司的資源，那些電費、水費、電話費都顯得可疑。他不能像個農民一樣，覺得公司雇用了他，就要負責他全部的吃住。他得回家去。」

啊，農民。在中國，你迴避不了這個名詞。搞不清楚關於「現代」、「城市」、「市場經濟」、「文明」等名詞的定義，個性固執不通情理，無法與人理性而緩慢地進行對話，缺乏教育程度，不能理解超乎三歲孩童智力外的事物，不懂穿著時尚及定時洗澡的重要性，這類人格特質一律歸於「農民」。

事情並沒完結。隔天早上，第一個來上班的同事在傳真機上發現一張人身攻擊的黑函，署名是他，被告狀的人是她。他半夜傳真到總部，卻忘了把黑函從傳真機上取走。

他信中寫道，他相信市場，懷抱熱忱進入外資公司學習，為了建設中國的未來。然而，他謹守本分，努力工作，日夜都留守公司（讀到這裡，她想這點倒是屬實），卻遭有心人士阻撓，這個有心人士帶著顛覆中國的陰謀進入國內，表面上是為了投資中國，其實計劃毀壞中國經濟，剝削中國勞動力，為保護中國社會不受西方帝國主義的侵略，他決心要冒生命危險揭發這個全中華民族的罪人。她領悟，我們從小被餵養的那些古代失意書生的文章對一個人的思路文筆的確危害很大。個人與社稷之間的關係隨時可以被放大，成為一切事物的解答。道德最高指導原則因此只剩下「愛國」。這個「國」，其實就是「我」。因為我動機無私，一心為國為民，不愛「我」即不愛「國」，因為要不是你不愛國，你怎麼會不同意「我」。

人事主管又過來找她，建議她要「殺雞儆猴」，「不然，您無法樹立您的權威。以後誰不滿，誰都去寫黑函」。剎那，她恍如進入時光隧道，封建帝王復辟，建立統治威權的第一法則就是驅除異己，方法包括取人腦袋；換置成現代公司的內涵，即要他走路。

她把他找來。她嘆口氣：「你把事情弄得這麼僵，你說，我該怎麼辦？」

他顯得害怕，三十二歲了，看上去跟他當年二十三歲在深圳混的時候沒什麼兩樣，他仍嘴硬：「資本主義就是腐敗。記住妳現在人在中國，不是美國，妳要把我解雇，妳小心一點，想清楚後果，我可以去中央舉發妳。妳這是外資欺壓中國員工。」她聽見自己的肺部又輕輕嘆了口氣，她也跟著他焦慮起來，中國開放了三十年，加入了WTO，主辦了奧運世博，誰來告訴這個中國青年關於市場運作的真相，誰來培育他適應企業組織和辦公室倫理。更嚴重些，誰來給他時間。

而據他在黑函上寫的，他是中國的未來。

他對外宣稱，他自動辭職走人，因為外資公司是吸血鬼，而頂頭上司是個欺世盜名的白痴。去了上海，找到另一份工，他最喜歡的周末活動就是去衡山路上那一排燈紅酒綠的酒吧，喝上一杯紅酒，跳幾支熱舞，那讓他覺得自己活在國際大都會，非常跟得上時代。

夜裡天使墮落的聲音

昏暗光線從龍頭形狀的壁燈投射出來，電子音樂強而有力地震動整個空間，一套套超軟沙發隔出一區區供人飲酒作樂的隱密角落，粉紅尼龍薄紗從天花板垂掛到地板，若隱若現浮印出一張張百般無聊的臉孔。這是北京這個周末最火的一處吧。

每隔三個月，北京會出現一間夜店，所有人都衝過去。夜店開在胡同裡、破舊的四合院或快要拆掉的廠房裡。回回趕著去泡新吧的人們邊噴煙，邊神情高調地告訴你，新地方的音樂很不錯。過了三個月，音樂風格沒變，不是酒吧所在的房子突然被市政府拆掉了，就是無端沒了人氣。另一家新的夜店又開了，地方又是一處舊廠房或老胡同或四合院，總之都是聽上去很不可思議的酷。

人們爭相奔走相告。然後，在新吧重新見到當初極力推薦你去舊吧的熟悉臉孔。

談起舊吧時，就像談起一個過氣的明星。真沒意思，他們說。當初紅得沒道理，現在冷了才是事情該有的道理。

在這三個月最火的三里屯酒吧，星期五，半夜兩點。她喝了不少，卻還十分清醒。二十年前一首歌紅遍北京大街小巷、從此再沒有作品問世的歌手是跟她一塊兒來的朋友，見到陌生人第一句話：「我是某人，請我喝酒。」她站在他旁邊，沒一會兒，便拋下他，坐到一名衣冠楚楚的外國人身邊。

她想拍紀錄片。光有遠大的夢想，在中國遠遠不夠。她，一個從四川來的單身女子，沒有錢，沒有工作，沒有人脈。她只有她自己。白天她會試著寫東西，到了晚間，她的才氣不足以讓她耐住寂寞，她總要呼朋引伴出來喝一杯。她的嘴唇緊緊貼在外國人耳邊呢喃，我要怎麼辦，你說，我該怎麼辦。我要拍紀錄片，可是我什麼都沒有。

北京的夜晚有無數像她一樣的年輕女子。從這個國家的各個角落來，她們來京城讀書，來尋找自我發展的機會。家鄉在她們身後的遠方，她們對自己的想像是她們最主要的行李。她們青春，早熟，慾望強烈，白玉肌膚，有著失落迷惑的眼神和天真無邪的微笑。在酒吧裡，她們像渴望雨水滋潤的花朵般仰賴陌生人的溫柔，緊緊依偎著任何一位願意聆聽她們夢想的陌生人。因為只有外來者才會願意把她們的想法當一回正事。白天，走在這個既屬於她又不屬於她的首都城市裡，她黑頭髮黃皮膚的同胞們只會覺得她不過是唸了點書、不切實際的鄉下姑娘，缺錢卻不工作，沒有一技之長，又找不到男人娶她。她所謂的藝術野心，不過是懶惰的藉口，只能拿來在酒吧騙騙外國人。她們終究都只是要嫁給那些白皮膚玻璃眼珠的外國人，好遠走高飛。

法國二戰反抗軍詩人阿拉岡說，「女人是男人的未來」，這裡的「男人」也能解釋為廣義的「人類」。社會發展到極致，終會走上女性化一途。女性地位以及她個人所能獲取的權力，往往也是一個社會的文明指數。女性地位越崇高，越能與男性平起平坐、超越男性，該社會也越先進。因為，文明演化其實是人類社會逐漸女性化的過程。傳統定義的女性特質，譬如和平、妥協、平等、無私、傾聽並包容對方、關切教育及下一代、注重禮儀、喜愛藝術等等，均是開發社會的特點；反之，傳統定義的男性特質卻刻畫出一個原始社會，如勇於戰爭、征服、暴力、唯我獨強、黨派鬥爭等等。男性誇耀革新進步的動力，然而，卻是女性的細膩審慎，造就了安定的社會，細緻了文化的內涵。女性化等同於高度文明化，代表了成熟物質與靈性向度。當印度已經出現許多女性閣員與企業領導，中國的女性總裁或官員仍屬鳳毛麟角。而中國女性自殺率依然居世界高位。

她也是為了這裡的音樂來的。她邊說，她的手邊熟練遞解開外國男人的襯衫。男人把鈕扣扣回去。她靠在他身上又說些什麼，音樂太大聲，其餘人聽不見她的話語，卻看見外國男人的臉迅速紅了。襯衫釦子又被打開。再扣上。解開。扣上。第四次，男人不掙扎了。

凌晨三點，全部人起身回家。我的計程車沿著巷子要轉入大街時，我見到她站在高高的楊樹下與那個外國人擁吻。

她的臉孔藏在夜晚的陰影裡。

流浪到北京

星期六晚上。

台灣總統大選正在數票。北京的街道一如往常充斥著混亂的交通，室內供暖已經結束，寒冬卻尚未離開，生長快速的楊樹仍枝椏孤寒，沒有一點綠意。平子小姐的酒吧一直到了九點多才有客人陸陸續續進來。店面狹長如塊黃色的長崎蛋糕，基本上只有一條吧台，藏在商業街的陰面——即生意冷清的那一邊，一棟違章建築的倉儲後面，得是熟客帶路才找得到這裡。

平子小姐有個日本名字。沒有人知道她的中文名字。她的日語聽上去像是一個居住日本多年的外國人，講中文時帶著濃厚的台灣口音。她只是低調地解釋自己台灣出生，在日本長大，至於怎麼會來到北京開店、店裡那個時常喝醉的調酒師究竟是不是她的同居男友之類的問題，她低垂了長長睫毛的大眼睛，彷彿若有所思地停頓兩秒，然後又迅速抬眼看你，露出迷人而無奈的微笑。

平子的店，客人就這麼喊這間酒吧。來來去去，總是同一群客人。絕大部分是台灣朋友。每個夜晚都像是固定上演的電視連續劇一樣，同一批臉孔，變動不大的對話內容，有一搭沒一搭的抽菸，很努力營造但不怎麼奏效的調情氛圍，坐在旁邊的平子不斷端上剛剛調好的新酒，勸客人嚐嚐，然後在你的帳單劃上一筆你從來不曾主動要求的消費。

我第一次聽見「台灣浪人」這個概念是在上海，第一次見到這類人物是在平子的酒吧。一群成就不高不低的台灣人天天來到平子的店報到。他們選擇離開了台灣，卻還保留了他們當初在台灣全部的習慣、口音、品味和朋友。他們似乎沒有不適應、但也似乎沒有適應這裡的生活環境。回頭看不曾離開台灣的台灣人，他們總覺得對方不瞭解中國、沒有意識到台灣市場規模的限制又看不懂世界大圖像，因而有點可憐；坐在酒吧裡悠悠抽菸，他們迷濛的眼神又透露了他們對大陸生活的厭倦與煩悶。如果他們回去台灣，可能有點志業未竟的不甘；如果他們不回去，他們目前生活狀態的煩悶不悅似乎又反映在他們夜夜來平子店裡報到的選擇。藉酒澆愁不是恰當的形容，他們比較像是一群受傷程度不一的鳥，不約而同窩到同一處巢穴彼此舔舐傷口。

到了夜裡某個時間點，台灣大選已經開票結束。民進黨與國民黨的總票數差距極小，公投沒有超過半數。我離開我的晚餐聚會，準備過馬路搭車，平子的店就站在十字路口邊上。

一個女人壓低了她的毛線帽，敞開她的大衣，露出裡面的粉色毛衣和深棕色窄裙，匆匆走過。那是個南方女人。在北京，據說只有南方來的女人才會在冬天還穿裙子。我喊住她。她剛剛從平子酒吧出來，是那裡的熟臉孔之一。

「沒回去投票？」我問。

「別提了。剛剛從平子酒吧出來，裡面一堆台灣人激動得要命，在台灣談政治，出來還談政治。一點出息都沒有。他們什麼時候才明瞭政治不是唯一的萬靈丹。」憤怒跳動的血管在平時脆弱的表情上跳動，她大聲說：「總之，沒回去投票，因為機票貴，沒機位，要工作，幾個理由都是。更重要的是根本不知道選誰。」

她打算回家，買了一包菸，想想，又決定待會還是折返平子的店。

她陪我等車，利用空檔抽菸，從她肺裡噴出一管白茫茫的暖霧，緩緩升入北方寒冷的星空。另一個台灣男人從店裡走出來，他出去接個迷路的朋友。他看見我，就問我對總統大選的想法。她瞄了男人一眼。我笑笑，聳聳肩。

一股冷風吹得她把大衣扣緊。他似乎打算發表點評論。

「台灣啊台灣……」他沒把句子說完。

哈利波特歷險記

他一落地，他們的北京首席代表就跑了。帶著公司的印章、存摺、營業執照、名片，她如同氣泡破掉啵地不見，蒸發於偌大北京城，從此杳無音信。

當時，他剛剛從倫敦飛來，他的家當還隨著船運公司在海上漂流，在北京不知去哪裡買一條粉紅領帶搭配他那套海軍藍格子西裝，仍未有任何朋友，連每天該去哪裡吃晚餐都沒有主意。他還窩在飯店的房間，靠兩只行李過活，不說一句中文，不知道翻譯的話是否值得信賴。

可是，那個三十五歲、留學英國的中國女人就這麼跑了。他一點辦法也沒有。以前她在他們倫敦總部是唯一的中文總機，每次中國客人打電話來，她會負責協助解決他們的疑問。去年倫敦總公司觀察到中國熱的世界趨勢，決定過來開發中國市場，在找到一個適當人選擔當區域主管之前，他們先派遣公司唯一的中國員工前往北京探路。

於是，這位土生土長的中國人帶著國際公司的代表委任書，飛回她的首都北京，開了銀行帳號，去工商局登記，領了公司章，在北京最昂貴的地段找了個辦公室。去年初夏，他個人也來北京待了一個月。他們倆處得很好，一切看起來都沒問題。女同事認真和藹，中國市場興奮刺激，想不出任何理由應該遲疑，總之趕快捲袖子開始幹活吧。

他於是辭別了他心愛的金髮女友和疼愛他的家人，跟查令十字路的小酒館和好吃的蘇活區餐廳說再見，將綠草如茵的英國鄉間莊園留在身後，正當二十五歲的青春年華，他飛到亞洲準備當一個十三億人口市場的區域主管。摩拳擦掌，他彷如一隻嗅到美食而精神亢奮的小獵犬，即將撲向他的丁骨小牛排。

然後，平地一聲雷，莫名其妙地，他發現不講中文的自己正站在工商局跟不講英文的中國官員比手劃腳解釋發生了什麼事。從溼潤熟悉的泰晤士河畔到一個沒有河流、異常乾燥的陌生城市。那個理應是他們北京首席代表的中國女人因為不滿頭上忽然出現一個新主管，剝奪她過去一切的辛勞成果，而且從此不能為所欲為，如早上九點就得上班、下午四點不能偷溜去美容按摩，她更不能再拿自己的私人公司來承包這間英國公司的所有工程，她於是決定失蹤。

不上班，她連招呼都不打。一天，太陽升上來，好好的一個成年女人就如葉上一顆蒸乾了的露珠，了無痕跡。

他去銀行，銀行不認他這個英國人。他拜訪合作的廠商，他們用懷疑的眼神看著他的白皮膚。他跑去工商局重新申請印章，對方十分審慎地檢視他的淺色眼珠。

「整個情勢簡直逼人發瘋。明明我們才是真正代表這間公司的英國人，可是，他們不認得你，不相信你」，他睜著哈利波特的眼睛，表示他的驚訝，他那一口既優雅又考究的女皇腔英文不容許他失態，他只能加強他的手勢，拼命在我臉前比手劃腳，「他們只認住那個女人。而她居然能夠讓他們那麼信任她的故事版本。他們認定我撒謊。問題是，我幹嘛要大老遠飛到中國來編這麼一大套說辭？」

這件事情花去了他整整兩個月時間。他原本應該在中國舊曆年前開動新計劃，拖到春天結束才剛要啟動。每個外國朋友都恭喜他，因為外國人來中國做生意的最壞情形已經發生在他身上了。這種事跟出麻疹一樣，越早發越好。

他拿他們公司在倫敦的一本內部刊物給我，抱怨裡面一篇關於西藏的報導，英國作者用一種很正氣凜然的口吻描寫西藏被中國強迫漢化，失去宗教自由和文化傳統，末尾，作者用這句話結束文章：「中國統治，然而，西藏永遠是西藏。」由一個英國人來寫這個句子，很有笑果，我告訴他，因為我在印度讀過同樣的句型：「英國統治，然而，印度永遠是印度。」

他卻笑不出來。他哭喪著臉，「我要在中國做生意哪。我不需要這種自以為聰明的文人話，那只會激怒那些我需要打交道的中國夥伴。我要賺錢。」

他撐了八個月。不久，輾轉傳來一封他寄給倫敦朋友的電郵，他在信裡寫道，「親愛的朋友，住在中國一年之後，我衷心感激有這個機會來到這片充滿活力的土地，認識她的可愛人民並與之相處。我從中國社會學到許多人生的智慧，此後終身受用，沒齒難忘。我相信，當我重回倫敦那溼冷天氣的懷抱裡，與你們舉杯大口灌下冰涼啤酒、嘴角滿是泡沫時，我將會深深懷念這個既古老又年輕的國度。感謝上天，我要回家了。」

白人在北京的骯髒二十四小時

晚飯吃一半，他們倆決定去買大麻。

招了一輛車，駛離北京市中心，他們跟賣家約在近郊一處專門給外籍人士居住的高級社區。建於八〇年代中期，社區包括飯店、酒店式公寓、小型商場及別墅房子。選擇住在城外的外籍人士絕大部分都有車有孩子，轎車有中國司機，從轎車走下來的腳穿著上等皮鞋或細帶涼鞋。

初夏的夜空很涼，空氣很靜，孩子的笑聲穿透牆壁，聽起來很遙遠。他們坐在戶外的露天咖啡座，連咖啡也沒點，只燃根叫中南海的香菸。

不會兒，來個非洲黑人。他打結成捲的頭髮留至耳下，眼睛圓如龍珠，黑白分明，嘴唇豐厚有型，身材高壯，套在運動服裡，手腳矯健，拉把椅子，他跟兩名買家之一的南非白人握手，跟另一個亞裔美國買家握手。

「近來可好？」南非白人問他。

「不錯。」他的嗓音出乎意料地輕柔，高亢像個女孩，令人想起麥可傑克森。

「五一假期打算出去玩嗎？」

「還沒有決定。」他摸一下鼻子，手指往下滑落到下巴，把它托住，讓他看起來像在沉思。

過不了兩秒鐘，他站起來，跟南非白人握手道別。交易已然結束。就在握手的兩秒之間，他們同時交了錢，也交了貨。

上了回城的計程車，四周黝黑，前方北京城市燈光閃爍，南非白人開始捲菸。破舊骯髒的夏利小車沉默地顛簸趕路。

「如果在紐約買大麻，我們說不定得冒著生命危險去城裡最糟糕的地帶」，隔天向我解釋當晚那段經歷時，亞裔美國人說，「在北京，我們去最高檔的住宅區。那裡有最漂亮的花園，最美麗的孩子，最布爾喬亞的家庭，最雅緻的居家環境。」他們都為了這道社會反諷而哄堂大笑。

「如果你是中國人，他們肯定要來治你」，南非白人接著說，「像我這種頹廢白人，他們根本懶得管。反正墮落本來就是西方文明的品格之一。」

車子開回市中心的五星級酒店，他們就站在路邊，繼續享受剛剛捲上的新鮮大麻。一、兩個平凡婦女經過他們，不經意瞄他們兩眼，他們也不經心瞄回去。他們不用視線緊跟著她們的背影也知道，沒多久，這些女人又會走回來，再一次貌似隨意，腳步悠慢從他們面前晃過。他們一向知道那些看似家常的女人其實是妓女。他們宣稱，每天下午五、六點，在連接五星級國際酒店的大型購物商場裡，許多扮成家庭主婦的女人會來逛街。有些外國商人不熟悉中國，不敢在商務約會後離開旅館出門探險，就在樓下購物商場溜達，他們會遇見這些相貌穩重的樸素婦女。為了一個很低的價錢，她們就跟他們回房間。電梯間，她們的外表也不會引起太多猜疑目光。

也許因為他們一直帶點好奇地注視她，當他們解決了一根香濃的大麻菸，走回酒店大廳時，那名圓臉粗腰的「家庭主婦」尾隨他們。她穿著乾淨的藍格子洋裝、白色涼鞋，背著棕色塑膠皮包，有股憨厚健康的肉感。她跟著，但她並不試圖搭訕，她只是盡量不讓他們忘記她的存在以及她所能提供的服務。男人們進入酒店一樓的酒吧，音樂像一道喧譁大浪迎面而來，迅速將人們淹沒在昏暗的光線裡。等視線習慣了幽暗，逐漸在黑夜裡分辨出那雙雙明亮如貓咪的女人眼睛，和架在高凳上的白色長腿。洋涇濱英文的調情，如山巒間的流水，隨著女人的細肩、低胸、蛇腰起伏流淌。

「你無法想像一個白人在北京生活的二十四小時，你的腦袋會爆掉。」白人朋友說，「最高級的精華地段進行最原始的骯髒交易。即使是貧民窟也分五星級。」

良久，那位體格壯碩的家庭主婦一直佇立於亮晃晃的飯店大廳裡，不時小心翼翼望進深黑如洞的酒吧入口。她始終不能決定是否要跟著她的目標物前進。

北京洗腳店

這家北京洗腳店客人總是絡繹不絕。

一進門，濃重中藥味撲鼻，空氣溼潤，整間洗腳店聞起來就像浸泡在一大桶藥湯裡。此起彼落的捶腿聲彷彿廟裡和尚敲木魚的旋律，這裡是崇敬人體的殿堂，吟誦著頌讚肉體的篇章。

脫下骯髒蒙灰的鞋履，你把辛勞奔波的一雙腳放進別人為你準備的滾燙藥湯裡，任由別人為你洗淨、修整、搓揉，除去臭味，消除疲勞，進而放鬆全身，活絡血液循環。聽上去是老舍筆下的拉車夫祥子最需要的服務。實際進入那個情境，閉上眼睛時，一個人卻是看見大雪紛落的四合院，黑色枝椏襯著簷下高掛的紅色燈籠，一個因懷孕而受寵的愛妾坐在她的屋子裡，前方跪蹲著年輕羞怯的丫環，正用她勞動過度的雙手努力讓她的女主人感到舒服。

周圍安靜，歷史停頓，只剩下封建感官在活動。

我一直好奇關於社會階級結束的可能性。十九至二十世紀，人類社會都在企圖震碎階級的正當性，搖晃所有社會階級就像搖晃一瓶沙拉醬汁，希望不同調料都能混合得很好。檸檬、胡椒、蘋果醋、大蒜、橄欖油、迷迭香……，不顧自身出產地，不在乎本位香味，全都混雜一塊兒，分鋪在同一盤鮮綠生菜上。人類研究理論，發起革命，相互屠殺，驅趕異己，壓縮個體，都是為了一個理想的烏托邦。如今想起來都還是令人全身血液沸騰的理想烏托邦。

然，洗腳並沒有隨著一個制度的結束而消失。好比所謂的「阿姨」，即便到了現代公寓的居住空間，還會是一個非常方便的家務幫手。只要每人的能力際遇不同，經濟實力就會有所差異，勞動力的分配就會保持原狀；不管經歷多麼偉大的理論或多麼激情的革命，總還是有人掃廁所，有人修水管，有人築公路，同時，有人當領袖，有人管公司，有人做按摩。

時代差異或許就在洗腳工也能成為企業老闆，如果他有適當的教育、足夠的天分、自覺的努力，加上一點臨時的好運。至少，理論上，他的命運得以扭轉。

理論上。

我在洗腳店的洗手間遇見這位十六歲的女孩子。她正在哭泣。一年前離開家鄉河南，受了半年職業訓練，出師做足底按摩。她跟其他三十個同鄉女孩住在同一間屋子裡，白天九點上班，半夜十二點休息。生意好時，她一天服務十個客人。長時間工作讓她的雙手關節腫大如瘤，手心粗糙如下田工作的農民。她不願意告訴我發生了什麼事情。可是她淚眼漣漣。任何正常人都無法狠心離開一個哭得如此傷心的青少年，於是我站在她身邊慢慢洗手。洗得很久很久。

到了我終於不得不走開時，她突如其來地開口，一句話把我往外跨的腳步拉住：「他們怎麼也不該這麼說。不應該。我真不知道該怎麼辦。」她情緒激動，語言結巴，說不清楚事情的來龍去脈，也不能交代她的難受。

我只能陪著。

「我回不去，我說。什麼也不能做，我說。他們笑我，瞧不起人哪。」

她停了一會兒，「我不知道怎麼辦。我不知道。我就、是、不知道該怎麼辦。」

我意識到，我也不知道我該怎麼辦。

五分鐘後，我就會離開這間店，回到我的工作，回到我的朋友，回到我的世界。她還是會留在這裡。

有些外國人去雲南或北京鄰近鄉下渡假，過了快樂的周末，就認養了一個中國孩子的教育學費，然後在私人派對上高聲談論自己的善行，在國際雜誌撰寫這個故事，紅酒香檳之間，心滿意足地感嘆中國農村如何貧窮而農民如何善良，這類遭遇如何豐富了自己的人生視野。或許，為了個人虛榮去做點什麼，總比什麼都不做來得好。

我與她對看。
卻不清楚如何真正消弭她與我之間的距離。

政府公關顧問

他的身材矮小，有個孩童般的圓頭顱，皮膚白皙，頭髮稀薄中，兩年前離婚，他全力衝刺事業。據說他對中國官員很有一套。他總是一通電話就打到某某人那裡，跟對方閒話家常。原本在政府機構待過，現在幫民營企業工作，他過去的同事熟人就成了他的「資源」。

他用一種異常親熱的朋友方式與老闆打交道，陪老闆出遊，帶老闆上館子，介紹老闆購物去處，為老闆安排特殊節目，跟老闆說笑解悶，不禁讓人聯想這是不是他當初在官場上學來的技巧。因為這些伴遊活動，他與老闆私下相處時間長了，他自認全公司他最懂老闆的心。同樣，他跟中國官員也時常私下相處，他也認為他最清楚中國政策和官員思維，甚至，他以為那些中國官員最需要他代為轉達他們不方便直接說出口的「事情」。

於是，他儼然成為大老闆的代言人與中國政府駐派在公司裡的官方代表。

同事不跟他討論公務，他們從他那裡套八卦，一道「揣摩上意」，才動手做事。所有公事只分「能做」及「不能做」，會議的目的只為了頒布上級的指示，而不是為了共同商討事宜。對他來說，他從官員及老闆得來的暗示與指示已足夠驅動公司業務。而老闆怎麼想固然重要，更要緊的是中國官員的態度。中國官員的最終拍板，代表了國家政策，當然就是企業的發展目標。

在中國邁向國際化、全力衝刺現代化之際，他這樣的角色一方面起了溝通橋樑的作用，協助外資理解中國政策，同時幫助中國官員接觸資本家的商業邏輯；一方面他也是最全力鞏固傳統威權文化的那個人，因為，沒有了神祕不可質疑的中國官僚體制，他的知識技能就失去了神力。若官不是官，而是親切愛民的公僕，你就不需要他這號人物去幫你疏通，幫你探測，幫你打理一切。他的「資源」會變得一文不值。

任何社會都會有像他這類自願在威權角色腳下打轉的人，無論那個威權是一個民選總統、家族企業大亨或學術霸主。然而，他的「中國特色」卻讓他完全難以接受任何心平氣和的對話。對他來說，沒有「討論」這件事。因為「討論」意味著理性對談，承認彼此地位平等，開放空間供人辯論，最後可能會改變事情的結果，這讓他不自在。他的系統裡，人與人之間只有上下關係，沒有橫向概念。孔夫子所謂的「君君、臣臣、父父、子子」，不可思議地通過時光的考驗，像一組古老基因密碼，深植於他的觀念行為。

他講求實事求是，有著強烈的現實感。現實不能改變，所以要積極瞭解什麼能做、什麼不能做。因為現實就是體制。想要突破現狀不是創造力的表現，而是衝撞體制，非常不智且愚蠢。

「中國」是一個現實，而上天把他擺在這裡，就是為了解釋這份現實。

什麼都做也什麼都不做

他一進餐廳，就跟每個人打招呼。他先與第一桌的外國女客人互吻臉頰，套幾句客氣話，轉身和隔壁桌的男人握手，又在下張桌子耽擱幾分鐘，接著，越過整間餐廳，朝最裡面那一大桌朋友大吼大叫，互捶胸膛，表示親熱。

他跑到我們這桌，又親了幾張臉，握了幾隻手，終於輪到真正約他來餐館的朋友那一桌，他坐下，架勢十足地點菸，吐煙，迷濛之中，他看起來別具派頭，格外優越，他的神祕微笑似乎在說，這一刻歷史已經改寫，而我們這些庸俗之輩卻還傻呵呵坐著吃飯。

「他是名人嗎？」好奇的聲音悄悄地問。

「嗯」，北京人點根菸，瞇起眼睛，笑笑：「就是個混子。八〇年代就來了北京。」

「他現在正幹些什麼？」

一群人開始七嘴八舌討論他「現在正在幹什麼」。有人說他在拍紀錄片；另一個聲音反駁，那是八百年前的事；啊，他跟一群朋友打算開電影製作公司；不，不，早沒這回事了，他應該是開了網路公司；他前年告訴我他要寫一本關於中國的書；可是他好像和那個北京女演員分手了；對了，香港有電影製作人請他寫電影劇本，一個關於胡同的偵探故事，聽說訂金都收了，不是蓋的。

他們稱這種人叫「混子」。成天混來混去，沒有正當職業，不知道收入究竟從何而來，不發大財，卻也餓不死。在北京，去到哪個場合都會遇見他們，因為他們最閒，最空，最有彈性，什麼時間找他們都行。無須預約。「混子」不分中外老少男女，只分時間長久，有的三年，有的十年，有的已經待到記不清年頭。他們總是正在寫作，拍電影，搞個Project，弄音樂，或忙著泛稱藝術一類的活動，就算沒搞什麼，他們也看起來那麼酷，羨煞多少無趣白領。當中，偶爾有人忽然拍了一部電影，發了一張音樂專輯或出了一本書，多年曖昧的文化人身分就會從此揚眉吐氣。至於後續，那又是另一場不知所以的漫長過程。真的很漫長。

是的，「過程」的確是形容他們狀態的最好方式。他們總在一個過程中。成果不重要，年歲也不重要。他們會希望奇蹟式地賺大錢，大部分時間，他們的確不太在意金錢。

南非作家柯慈在《少年時》一書中以一個南非人的身分寫到倫敦，「也許冷硬、像座迷宮、酷寒，但在它令人難以親近的外牆背後，卻有男男女女忙著寫書、畫畫、作曲」。在北京骯髒多灰的街道之後，怎麼都無法令人愉悅的建築物之內，是否也藏著相同的祕密？這些混子是貨真價實的波西米亞人，還只是不務正業的高級遊民？至少，他們擺明了不屑俗世的態度，頑強驕傲的表情顯示了他們自以為的清高。等不到擁有固定工作的小白領來鄙夷他們，他們已經先瞧不起小白領的物質貪慾、保守慎微。

夜裡，小白領一個個上完健身房乖乖睡覺後，他們酗酒、抽菸，讓自己的肝臟壞死，仍昂起下頷，覺得自己特別美麗。

「這是北京。你不可能改變它的文化。」朋友想要給這種氛圍一個解釋，「滿清建朝時架了一個養尊處優的貴族階級，那些滿清八旗什麼都不用做，整日就是這麼晃來晃去。這種示範已經幾百年，人人都崇尚此種生活方式。」

有個人要離開，那名北京混子認出她是那位香港製作人的朋友。他故作驚奇，動作誇張，十足喜感，引得周圍酒友發笑：「不要告訴他妳見到我出來混。我本應乖乖呆在家寫他的劇本，可是我覺得喝酒還是比較重要。」

六個月前他就該完成初稿，但是，他的靈感卡住了。

建築主題樂園

大塊水泥片如同皮膚從胡同老牆剝落，內底暗紅磚頭裸露出來，像是人體受傷後的鮮肉。

胡同從長安大街這頭像根筷子直切和平門。右手邊，屋舍混濁蒼灰，門簷低矮，居民動作遲緩，低頭駝背，走在已經沒有了樹蔭的馬路上，雜貨店的老闆站在門邊，一語不發地注視機動車揚起大量塵土，灑在他皺巴巴的額頭上；左手邊，臨時的圍牆擋著一個工地，工地長得不得了，幾乎跟整條胡同一般長。爬上牆頭，看見工地中央挖了個巨大的洞，有個蛋殼形狀的鋼鐵鷹架，臨著未來要填滿清水的人工湖。這是法國建築師保羅安德魯的夢想，將來，所有熱愛音樂的中國觀眾都要從湖水下方通道進入他們國家級的音樂殿堂。

顯然將會光芒四射的國家音樂廳四周，胡同依然殘破，人民大會堂還是宏偉陰冷的蘇聯建築，對面紫禁城仍舊飛簷雕樑。長安大街上開始出現紅色的法拉利跑車。

夜晚，東城酒吧裡，就在日後俗稱「大褲衩」、「鳥腳」的中央電視台新建築工地旁，一名祕魯女建築師自信滿滿地談論她對中國的夢想。在倫敦研讀建築，她現在追隨伊拉克裔女建築師莎哈來北京建一座「城」。這座「城」將占地一百萬平方呎，坐落在京城的東南方，北京往天津的半路上。莎哈剛剛獲得相當於建築界諾貝爾獎的普立茲克獎，整個團隊都興奮得不得了，摩拳擦掌要在中國大幹一場。

對她與她的同事來說，五千年歷史的中國仍是世界建築的處女地。等著「世界級」的建築團隊來打造。個子嬌小，皮膚黝黑，有張長臉和一雙黑色眼睛，她倚在原木吧台邊，爵士音樂、霓虹燈管、現代版畫、絲絨沙發和她手上的那杯調酒，讓她看起來既像在倫敦、也像在東京或紐約，總之某個「世界級」都市。而我怎麼也不明白她如何能越過北京特有的厚重迷霧，看穿北京原來是張純淨無暇的白紙，任何具有創造力的孩童都能在上面自由塗鴉。

「不不」，她慌忙揮手否認，她並不是沒有意識到自己正踩在一個沉重紮實的古老土地上，「那才是興奮點！正因為中國是中國，幾千年來的文明等待我們顛覆！我們在創造歷史。」

我想起西安地下埋著那一層又一層的陵墓古城。每個建都的王朝都野心勃勃，以為只有自己會創造歷史。如今那些金碧輝煌的歷史都淹沒在蒙古高原颳下來的沙土風塵裡。

歷史，歷史，多少人需要你的注視。

祕魯女建築師堅持，中國人「值得」最先進的建築、最優質的生活、最美麗的空間。依照他們在紙上畫出來的藍圖，這座新城將會是一個完整的社區，有自己的住家、商店、辦公室、郵局、托兒所、銀行，有自己的街道、樹木、公園、路燈，居民無須跨出社區一步也能自給自足。

我最崇拜的都市學家珍雅各生前最後一次接受《紐約客》雜誌採訪時，仍然不掩飾她對當年那些美國大建築師的痛恨，因為，他們不理解人的生活不是設計出來的，而是活出來的。在她那本世紀名著《偉大城市的誕生與衰亡》裡，她毫不留情痛批了那些喜歡幫別人生活畫藍圖的建築師。然而，在二十世紀的美國或二十一世紀的中國，總是有些夢想家認為不是人們的生活將決定空間，而是空間將決定人們的生活。北京人有了他們的「鳥巢」、「鳥蛋」跟「鳥腳」，接下來該活得像現代「鳥人」？

我不由得要問那個祕魯女人，記不記得那座被廢棄在亞馬遜叢林的巴西城市。建築師興高采烈地在原始雨林挖出一塊空地，蓋了一座城市，幻想所有人都會欣喜地搬進他的夢幻天堂；最後，每個人都只是開車去上班，下班便立刻開車回去原本居住的城市，於是，餐廳沒有客人，簡單市集也聚不攏，到了夜晚和周末，那座城市就是名符其實的死城。最後，曾經砍斷的叢林又長手長腳爬回來，漸漸吞噬了人類「創造的歷史」。

她又搖搖手，表示不同意：「那是叢林，北京不是。」

「那倒是。因為叢林還會長回來，胡同卻永遠不會了。」我聽見自己冷酷而無禮地回話。

詠嘆調第三——我是誰？

借來的時光

香港地鐵張貼一幅廣告。黑眼珠圓滾滾，粉彩紅唇微嘟，白色耳墜，滿指手環，天真神情略顯驚訝，一身典型銅鑼灣街頭打扮的海報女孩彷彿真的怔忡於那一組粗黑印刷的繁體字：「只懂點芝士蛋糕，未食過桂花糕；只崇拜牛津劍橋，沒聽過北大清華；只愛ＡＢＣ，二十五歲，還沒有跟一個中國男人談過戀愛，妳真是落伍了。」

每天早晨香港工作大軍啪啦啦踏步向列車月台前進，無人停下腳步，地鐵馬上駛進，誰有心情搞清廣告究竟賣什麼葫蘆膏藥。飛機從香港到上海，機艙播放香港偶像和大陸女星合演的港片，裡頭普通話多過粵語。

片中，香港人不說普通話便找不到工作，到了內地發現自己一點小聰明實在不夠混；背不出唐宋詩詞，只知道林夕填詞不錯，英文卻也繞不上口；不再是口袋很深的投資客，而是必須為大陸富商工作的打工仔。兩個港仔坐在街頭吃生煎饅頭，閃著淚光互搥胸膛，彼此激勵不要丟香港人的臉。

香港，正站在十字路口。

一九九七年六月三十號那個飄雨的夜晚，透過電視轉播，全港靜肅目睹解放軍的坦克無聲通過羅湖邊界。香港正式回歸。祖國經濟大好，這個城市繁榮依舊，港英留下來的官僚體系一如既往高效率工作著。同時，空氣急速惡化，環境品質下降，普選遙遙無期，貧富拉距懸殊，《南華早報》英文標題早已讀起來跟《人民日報》沒什麼兩樣。

曾經定位自己為亞洲的國際都市，傲視亞太地區，回歸之後，香港馬上必須在「國際的中國都市」或「中國的國際都市」之間作一抉擇。上海快速崛起，新加坡奮力爭奪亞洲金融樞紐，深圳港廉價競爭，二十一世紀初非典型肺炎震驚，中國經濟崛起與美國金融危機所造成的國際新局勢，種種現實令香港人不得不立即處理自己與中國的關係。

台灣人面對大陸有憧憬，有懷疑，有憤怒，有情結，有抗拒；香港沒有時間也沒有本錢容他們醞釀任何情緒。他們就站在第一線。當中國成為世界資本的注目焦點之刻，香港正好回歸，國際金融都市的香港除了北上，還是，只能北上。「我是誰」之類的問題太奢侈，風花雪月，吃飽了沒事，這種無聊問題哪有什麼好問。不知道自己是誰，城市還是要發展，人依舊要努力活下去。

台灣人看香港，斤斤計較的是他們的一國兩制。

台灣與香港長期以來互不感興趣，雖然港台之間飛機航程不過八十分鐘。兩地居民通商頻繁，互有家族親戚落居於對方社會，娛樂文化更相濡以沫。但台灣傳媒很少處理香港新聞，對大陸門戶的香港總是頗具戒心，香港居民來台第一次申請簽證需要整整一個月，因為對曾經反共到底的台灣來說，住在大陸門邊的香港居民總是帶有「匪諜」的嫌疑。香港傳媒說起台灣也是淡淡處理，將之歸於眾多中國新聞的一則。香港傲為國際城市，自認亞洲金融中心，理所當然覺得紐約的距離比台北更近。台北人不能理解的香港中環，猶似一顆金銅鑄成的心臟，冰冷無情卻恰如其分地高效率跳動，日夜從不停息，強力衝刺著足以支撐全香港甚及半個亞洲的資本血液，一棟棟摩登大廈天剛濛濛亮便擠滿摸黑起早工作的銀行員工，過了夜半依舊通火燈明，配合地球公轉速度，照著倫敦、紐約及東京等城市輪流甦醒的時刻表，跟著國際股市接續開盤。外表也許摩登光鮮，中環其實仍是一座不折不扣的廣東血汗工廠，只不過，中環「工人」晨昏顛倒趕工做的不是運動膠鞋，而是金融產品。香港這等視交易為本命、把現實當事實的處世邏輯，跟台北那種追求優渥文化、講究靈性提升的生活態度，如果不是互相歧視排斥，大概也彼此難以信任。這點與城市氣質相異有關，而與她們各自跟中國的關係無關。

但是，回歸這件事微妙改變了港台的關係。六月三十號夜晚到七月一號早晨，一夕之間，香港和台灣在彼此身上認出了兄弟的影子。因為，沒有了英國政府，香港就跟台灣一樣要掙扎於自己既中國又不中國的處境——香港為了國族定位，台灣則為了政治主權。

台灣與香港其實有著類似的歷史身世：都讓吃了敗仗的滿清朝廷在十九世紀末割讓出去；二次大戰之後接收了很多因戰亂逃出大陸的人民；過去半個世紀多，都在謹慎觀察共產黨治理的中國大陸，在中國開放前也都保持反共政策；在聯合國也改採用簡體中文的新世紀裡，成為地表上保衛美麗繁體的最後中華文化堡壘；面對混沌不明的政治前途時，也均保持經濟唯大的社會價值。

轉眼，香港回歸已過十載，卻不夠長到證明任何事情，就像台灣問題也不是一兩天就能拍板定案。時光雖然荏苒，但，還走得不算太遠，讓所有人望清未來。

香港這座城市向來以借來的時光著稱。每筆生意、每項投資、每人心態都是在跟時間玩躲貓貓的遊戲。能殺進時立刻殺進，明天是看不見、摸不著的東西。台灣人看見香港人的現實，忘記了自己的實際；搞定主義既是香港精神，其實也是台灣人的個性。如此務實經營今日，很少想到明日，因為兩個社會其實都還活在歷史的懸念之中。

這個歷史懸念，說穿了，仍是中國。

如果中國已是一個注重人權、實行民主、尊重法治的現代國家，那麼，已回歸的香港會更有回家的安適感，而珍惜政治主權的台灣社會才敢考慮經濟以外的選項。

在這點上，時間又走得太慢太久。

香港回歸之後，中國的經濟成長雖然傲視天下，但在民主自由、環保意識、人身安全、國民禮儀、社會均富與廉政效率這幾項現代公民最關心的切身問題上，卻依然成為政治禁忌，難以接受公開檢驗，無法預測進展。而為了參與中國旺盛的經濟力，無論是外國投資者、大陸中產階級、香港居民和遠渡重洋的台商，通通學會閉嘴，忙著搶錢。於是，所有人又集體活在借來的時光之中，對中國叢生的社會問題視而不見；明天，再度從所有人的計劃中缺席。

門裡的香港，門外的台灣，透過半掩的門縫交換意味深長的一瞥。

要飲茶也要投票

誰也沒料到，七月一號那天，平時嬌貴得不得了的香港人會穿著他們的昂貴皮鞋，男人仍打著領帶，女人仍穿著窄裙，抱著幼子，推著老人家輪椅，走出通常他們打死也不肯離開的冷氣房，頭頂三十幾度的夏日烈陽，從銅鑼灣維多利亞公園一路浩浩蕩蕩遊行到中環的政府大樓。這一走，就是每年七月一號。

這個周日，車子堵在香港仔往銅鑼灣的隧道裡，足足四十分鐘不得動彈，司機滔滔不絕訓誡我，「妳看，妳要民主，就是一片混亂。連車子也不得行。」

為了要求立即普選，二十五萬香港市民再度上街。我的計程車司機一發現我這個台灣人前往銅鑼灣湊熱鬧的動機，開始對我不滿。

一度，我以為他要把我丟下車。

民主，等於混亂。這種論調不知聽了幾百回。全世界最怕自由會引起混亂的地區就叫華文世界。一黨獨政，宣稱因為人民準備不夠；政務官不下台，說是為了社會安定；政府管制言論，解釋為維護社會秩序。大陸朋友驕傲地說，現今世界又是恐怖分子又是溫室效應，只有中國最安定——嗯，如果你總是願意當那個知道你家飲水汙染、奶粉藏毒、包子裏腐肉的最後一人，當然，你有權宣揚你自以為的幸福。

自由所引發的混亂，不如它表面上看起來的沒有效率。登機時，航空公司總是安排乘客按照座位號碼先後入座，美國一所大學做過實驗，發現不去控制人流、讓乘客自由入座時，反而登機速度最快，紛爭最少。美國城市作家珍雅各向來極力反對美國學院派那種一廂情願的城市規劃，即因人為計劃從來不能創造一個真實的社區，只有人類的自由生活才能撐起一座城市的筋骨。

因為，自由，不等於脫軌；如同，管理不等於控制。

歷史上，凡是喜歡像園丁修剪花園般管束社會秩序的統治者或政府，總是變成暴君或極權政府，因為，為了達成他們自己心目中的那張理想花園藍圖，他們便殘暴地除去任何他們看不順眼的花草樹木，如希特勒想要滅種猶太人，秦始皇決定焚書坑儒。

我的計程車司機又說話了，「有問題，他們會解決。」這就是關鍵所在：誰是「他們」。「他們」又憑了什麼可以不像你我一樣被監控。

遊行從銅鑼灣開拔，伴隨著「立即實施普選」布條的另一個標語：反對官商勾結。

人民怕的，並不僅是「他們」會不會解決問題，更怕的是「他們」解決問題的方法與手段其實不符合大多數人的利益，又保障不了社會弱勢的生存；最最怕的是，社會的問題根本就是「他們」的自私人性。因為「他們」跟幾株特別壯碩野蠻的紅花霸占了所有土壤養分，把其餘奄奄一息的植物都叫做雜草，欲除之而快。而「他們」卻託故為了花園整體的幸福。

民主自由讓人民（就算是雜草一株）有權叫園丁下台。園丁的意識形態跟政黨屬派根本不是重點，而是他的政策、執行力與清廉要求。

貪瀆，腐敗，專權，這才是人類社會真正的亂象，而不是四十分鐘的塞車或一千字的新聞報導還是幾個裸露的女體。香港民眾向來一心只想保證舞照跳、馬照跑的小生活，過去幾年間，眼見著空氣日漸汙濁，維多利亞港越填越小，教育制度越來越畸形，政府官員薪資越漲越高，終於不得不離開他們保守謹慎的中產階級生活，上街抗議。

因為，他們理解，缺乏監督政府的直接管道，他們的生活才會真正的失序。普選也許不能保證三餐有飯吃，但卻符合了香港逐日而居的生命哲學。他們要的一直都很簡單，「給我一個自由、安全、開放的賺錢環境」。香港自私求生的特點讓她更需要民主法治，以保障私人財產與機會均等的基本權益。

一整個世紀，香港沒有一個「國族」讓她認同，因為她不屬於英國也不屬於中國。香港，就是香港。一座城市。她彷彿北非的卡薩布蘭卡，像是一顆孤星漂浮半空，有著自己的時空，活著自己的邏輯，周圍儘管發生戰爭、國族對抗、區域衝突，她沒所謂。她專心關注自己的小方圓，飲茶、旅行、買靚衣是她認證幸福的指標。

她跳躍了國家教育，繞過了民族悲情，早早學會關注個人的生死愛慾。也唯有在香港這樣的城市，張愛玲的白流蘇才會膽大妄為認定一座城市傾圮了，萬千生命失去了，只為了完成她一人的愛情。自我自戀得如此抬頭挺胸，一點也不會退縮害臊。大陸人或台灣人都不能理解這種性格。

日本設計師山本耀司或許是少數能夠理解香港的人。在德國導演溫文德斯拍攝的紀錄片裡，被問及他一個日本人住在巴黎的感受，他說：「我從來不覺得自己是一個日本人。我認為我是東京人。在這一點上，東京和巴黎並不遙遠。」

一日香港人，終生香港人。

陸羽茶室殺人事件

搬進香港，沒想過我算不算香港人。那天，當陸羽茶室的服務生第一次在我進門對我微笑打招呼，我渾身顫抖，受寵若驚得不知所措。終於，我可以大聲宣稱自己也算個香港居民。因為，香港「認證」了我。

是的，陸羽茶室有這種魔力。

上個世紀初即在香港中環開市做生意，陸羽茶室是商賈要人、市井小民每天都要挪時間過去喝一碗茶、吃兩盅點心的地方。每一本香港旅遊書都會提到這間神氣無比的陸羽茶室，遊客來到這裡，發現自己非常無助，彷彿誤闖了某個祕密會所，無人搭理，無人關照。服務生不是勢利眼，他們不在乎你是否富有，他們只在乎你是不是熟客；就，是不是個朋友。所以，當這些服務牛開金口向我問好的時候，這項舉動比香港總督跟我握手更叫我感到光榮。外人欣羨的香港茶室文化，就在這棟三〇年代裝飾藝術風格的狹窄唐樓裡。

二〇〇二年底，一個寒冬周末，五十四歲的香港商人林漢烈一如往常前往他熟悉的陸羽茶室喝茶吃早點。這是他既定的生活習慣。

茶室裡，照例，人聲沸騰，叉燒包熱騰騰的麵皮香混雜了新鮮晨報的紙香，每個人喝茶的喝茶，洪鐘講話的洪鐘講話，嚼蝦餃的嚼蝦餃。一名操普通話的精瘦漢子這兩天一直獨自坐在角落飲茶，此刻冷靜起身，去櫃台付錢，詢問了洗手間方向，進去洗手後出來。經過林漢烈的餐桌，突然掏出一把之前不存在的黑槍，在林漢烈的後腦杓靠左耳位置開了一槍，很快，安靜敏捷地逃走。

林漢烈自九〇年代在大陸內地從事房地產投資，在一樁高爾夫球俱樂部投資案與另一名股東發生糾紛，於是申請公司財產清算，這件官司就在當年的十二月十七日即將開庭。

看似一樁獨立個案，發生在香港中環的陸羽茶室，卻不簡單。自從中國大陸於二十世紀末在全球市場以資本主義最後也最大的投資夢想身姿崛起，資本家前仆後繼帶著野心與金錢進入這個市場。對中國來說，這是最美好的時代，也是最黑暗的時代。美好，因為境外資本家的出現意味了工作機會、富裕中產生活及有趣的國際交流；黑暗，因為金錢的誘惑力考驗著人性，多少年來，由於大陸市場商業邏輯與市場倫理的依然不健全，外資在此做生意，總是逃不過人為摩擦與莫名糾紛，經營時時陷入危機，有時梳理不通，便出現許多可怕的故事，像是台商全家在福州被殺害，台灣女議員林滴娟被注毒針死亡，或德國出版商遭受綁架威脅立刻帶著妻小迅速離境等等。然而，在這個全球化時代，會移動的，不只是旅人與資本家；還有，殺手。

殺手有很多下手的機會。但，他選擇了陸羽茶室。如同三年後，另一名內地殺手將在周日客人逾百的銅鑼灣翠園酒家電梯口，當著香港人的妻子及十歲兒子面前，公開槍殺這位美國友邦保險深圳分公司總經理鄭國成。香港人和他們的茶室酒樓，就像巴黎人跟他們的露天咖啡座、倫敦人與他們的小酒館，注滿了城市的生理密碼與歷史記憶，城市生活的意義就由這些場所開始。沒有了這些城市人在這些地方與最親愛的人消磨鬼混的零碎時光，點點滴滴積累為所謂的生活文化，整座城市根本就不算真正存在，只是一堆無用的建築與地下水管。在散落街市各處轉角的酒樓茶室裡，香港老靈魂穩穩坐鎮這座無數歷史風帆駛過的海港，港人糾眾舉家，一壺白水一壺茶，點心擺上桌，敞開嗓門，放寬胸懷，恣意喧譁嬉罵，管他英國女王日本天皇中國老子美國老闆；此時此刻，天堂不遠，就在香港。我們最大。

揀在這些香港人最有在家感的場所，眾目睽睽下射殺目標，儼然一場公開的執刑。猶如進到別人家客廳，當著他們的父母手足面前把這人殺掉。社會儀式的意義大過私仇報復的需要。這是一個嚴厲的社會警告。別以為邊界能夠阻擋了我們。你把中國內地當自家後院來來去去，我們也能自由進出你的城市。你已經不可能覺得在大陸做什麼都沒所謂，以為你總有個溫暖的家可回，那裡有你熟悉的街道、朋友和茶館會保護你，令你安全。

這是一個全球大板塊的經濟時代，美國總裁、廣東民工、黨委書記、香港經理、台灣商人全部都像串分不開的粽子，被一條隱形金線牢牢紮頭在一塊兒。疆界海峽高山巨河或沙漠，都擋不了資本以及勞力的流動；

政府、關稅及政策，只能管理卻無法阻止市場力量的來勢洶洶。即使是驚人的社會謀殺，也嚇阻不了人們追逐金錢的永恆慾念。

經過這起殺人事件，陸羽茶室仍是原來的陸羽茶室。空間悠遠，時光慢行，歲月微光中，香港永不老。依然不斷會有我這種新移民，戰戰兢兢地來接受這座城市的洗禮，直到我終於也染上萬事處變不驚的老香港性格。

喝完這碗熱茶，之後，茶室外頭，世界當然已經改變。

北方來的知識分子

在人潮洶湧的銅鑼灣街頭，周圍所有廣東人都個頭瘦小，扁臀平胸，他那北方漢子的頎長身子顯得鶴立雞群。站在霓虹燈光燦爛、人聲喧囂浮動的南方街頭，他一臉落寞，特別安靜。

我和他進到鄰近一間上海菜餐廳。因為有他在，一改平時說英文或破爛廣東話的習慣，我慢慢用普通話點菜，立刻發覺這家平時常來的香港餐廳的服務員變得不太自然。她眼睛看也不看我們一眼，從頭到尾只用廣東話回應，雖然以往的經驗告訴我她能說一口不差的普通話。但，這次，她草草完成點菜，在我還來不及結束最後一個句子，她已經拂袖而去，我們於是要不到我們想喝的香片。

他來到香港已經一年。雖然他的模樣跟我在北京初次見他的時候已經有所改變，他拿下了他的黑框眼鏡，剝去了他布滿菸味的冬日厚大衣，換掉了那雙開口笑的陳舊鞋子，如今，他身著黑色細紋西裝，搭配粉紅色襯衫和考究的小牛皮皮鞋，鼻樑上架著細緻金框眼鏡，但，任何第一次見他的陌生人還是可以輕易地猜出他出身的城市。

北京像顆刻得方方正正的章子，印滿他全身。

他充滿憂慮的深思眸子，緊張僵硬的身體語言，謹慎莊重的臉部表情，在他還未開口前，人已經預期會聽見一口標準京片子。如同餐廳另一個角落坐著的女人，雖然拿了 LV 當季手袋、穿著 Dior 最新上市的粉紅迷你裙，香港人還是會一眼認出她的背景。因為，除了大陸女人，沒有誰會在室內還戴著 GUCCI 太陽眼鏡，就像她那些一身西裝然後在腋下夾帶一只黑皮包到香港觀光的男性同胞們，在太古廣場和尖沙咀商店裡，總是無聲卻那麼刺眼地告訴別人他們的來歷。

我們比我們所能意識到的更容易對他人洩漏自己的身世。

「在香港生活，非常寂寞」，他緩緩搖頭，「香港人不讓你打入他們的圈子。」剛剛點菜的女服務員無視我招呼的手勢，就這麼從我們桌邊晃過去。我們喝不到我們要的香片。我有點焦慮。

「以往，在北京，同事會互邀吃飯，朋友會喝茶聊天。在香港工作，同事只在該上班的時間出現，該休工時他們立刻就走了。沒有一句廢話。他們對哲學問題或文學討論一概興趣缺缺。美食或服裝，又是那麼牽涉個人主觀品味，無法像乒乓球般引發互動。你真不知道要跟他們聊什麼。」過去在大陸是著名作家，人人都知道他的尖銳筆鋒能如一把熱刀劃過奶油，將任何牽涉甚廣的複雜議題剖析得頭頭是道，觀點犀利雖讓人難以吞嚥，但絕不能輕忽他的立論。

在我奮力引起服務生的注意時，他的眼神似乎回到那些颳著刺骨寒風的北京夜晚，幾個朋友擠在熱窩窩的小餐廳，喝二鍋頭，吃涮羊肉，談中國的命運。那是大陸知識分子的風格。在香港這個看似杏眼細眉時則流著盎格魯薩克遜血液的現代城市，該有的城市冷漠給了每個人需要的距離，他人的不聞不問在某種程度上保護了自己的隱私，卻給不了一個大陸知識分子所需要的注意。

他覺得寂寞。是的，十分寂寞。即便大部分時間他也是一個人讀書寫作，他仍會需要跟人說說話。

他給自己兩年時間，然後他一定要回去北京。他說得很不堅定，彷彿心裡還有猶疑。然而，是什麼令他猶疑，我猜不到。

我終於用英文喊住那位服務生，為我們倆點了一壺香片。

釣魚台賓館

車子進入釣魚台賓館，立即，整座現代北京城的喧囂混亂被隔絕在外。造型雅致的樓房各自坐落在遼闊花園裡，石橋跨過結冰的河面，樹木裸露於冬日乾燥的大地。舉辦會議的芳菲苑會場有著宏偉結構的天花板，刨製精緻的巨木樑柱用黑金兩色勾勒，厚重地毯從大廳這一頭鋪到那一頭，中間沒有斷裂拼接的痕跡。大片落地窗讓人顯得渺小，外頭，手臂彎曲的松柏孤伶伶地站在廣大的褐色草坪上。

鄰近，另一間西洋風味的小樓有著自己的後花園，溫暖的接待廳擺設博物館級的古董，老沙發的絨布花紋雖因歲月而略顯磨損，卻更增添了歷史的色澤。接待員指著那一張張舒適的單人沙發，解釋中南海也都統一使用相同款式的座椅。

無論如何，中國終究是一個文明大國。就像關雲長縱使披髮亂鬍，平民裝扮，只要他眼皮一抬，雙眼一瞪，仍掩不住他那一派威震天下的將軍氣勢；鄂圖曼帝國即使已經沒落了，從夕陽落在伊斯坦堡建築屋頂的金色光輝，依然能看見當初那個光亮富饒的美麗帝國。即使中國平均國民所得目前仍不過美金二千元左右，所謂「後美國時代」的「中國新世紀」依然只是一句報紙標題，然而，從釣魚台賓館的接待規格與氣派空間，依舊能輕易想像過去每一個時代來到中國的外國人如何為這塊土地上所展現出來的財富文化及國族氣勢所震懾。

我的尷尬在於我是一個所謂的台灣人。如果，我是一個法國人，我現在就不用保留任何疑慮，盡可以大聲讚頌中國文化的精緻瑰麗，迷戀我眼前見到的每一件可愛古物，回家跟我的父老兄弟姐妹們宣揚東方文明的偉大悠長。就像我總是拼命宣導印度文明的永恆魅力，完全不必去理會印回之間的宗教衝突，無須面對文明古國成了現代弱國的國族悲憤，也不用回答社會貧富差距的質疑。只要我不去逼迫自己思索，我眼中的印度將永遠停留在旭日剛剛東升的恆河河面，寧靜無波，閃爍耀眼，彷彿點點河面微光即蘊藏了生命的所有解答，前世、今生、來世都不過是浩蕩河水的一滴。

可是，我是一個所謂的台灣人。沉重的歷史結構和複雜的國族包袱讓我躊躇。我也想不出我可以怎麼跟正陷於總統大選狂熱的台灣同胞談這趟釣魚台賓館之旅。說什麼好呢。尤其，說什麼都不對。說中國的國際地位和外交實力，只讓台灣人黯然；說中國畢竟深厚的文化底蘊，執著於台灣現代成就的人們是否能夠持平地看待這些客觀的社會特徵；釣魚台賓館呈現了中國豐盛多樣的風土，以及預期可見的強盛國力，卻也代表了中央集權的霸氣統治；而我，一個活在二十一世紀、有機會參觀了中國釣魚台賓館的普通台灣人，究竟跟這一切之間的關係是什麼，在這個屬於中國政權的恢宏環境裡，我又該如何自處。

作為一個所謂的台灣人，我需要對自己釐清的是，「我」若是不認同，是真心誠意的文化疏離，是習慣性的政治抗拒，還是面對未知事物的害怕？「我」若是認同，是出自根本性的感情親近，是經濟現實的考量，或是單純對戰爭的恐懼？無論如何，最重要的是，「我」怎麼樣才能避開大中國情懷的煽情渲染，也拿開台灣政治的狹隘思路，在全球歷史的現代框架下，誠實地看待中國歷史留下來的畸形事實，不帶任何既定成見，心平氣和地去觀察、考量「我」和中國之間的關係。

車子駛離釣魚台賓館，我重新又走在王府井大街上。周圍，像我一樣的市井小民歡天喜地遊逛，手上拿著各色北方小吃，享受難得的冬日陽光。忽然，一個襤褸小孩像條骯髒水蛭黏上一名中年男人的大腿，哀求他施捨。男人不肯，喝他離開。小孩更用力纏住男人大腿。男人急了，為了把小孩從自己身上拔開，又踢又打又拉，下手狠重，打條狗都不是這麼打法。小孩表情痛苦難忍，卻堅決不肯放手。整條街停下來看這齣戲。

釣魚台賓館的小橋流水，王府井大街的乞丐兒童，都是中國。包括我這個台灣出生、台灣長大、不相信專制政權的人出現在北京城街上，也屬於中國現實的一部分。

釣魚台賓館與台北賓館之間的距離，屬於傳統與現代、歷史與政治、國族與文化、也是群體與個人的跳躍，絕非一句簡易的政治口號就能輕鬆跨過。

中國傳統文化變成一組髒字

「中國傳統文化」變成一組髒字：在大陸帶點封建反動的嫌疑，在香港會引起鄙夷老土的歧視目光，在台灣會觸發最敏感的政治神經。一世紀前，一個帝國崩潰之後，所有流著相同血液的子孫不願意再承認他的傳統來路。

地球上消亡、衰弱或分裂的古老帝國不只中華帝國；有趣的是，所謂的中華兒女卻是現代最不樂意傳承先輩文化的一個種族。雖然，因為近代戰禍與政治紛爭，三個社會已各自發展出不同的形態、文化、制度；但，不約而同，中國傳統文化卻是兩岸三地都難以全力擁抱的對象。中國因為厭惡當年舊社會的醜陋不義；香港習慣現代思維的西化性格，統治近百年的英人不免也在他們的價值判斷上留下烙印；台灣這幾年自覺掙脫了當年潰逃過海的一個大陸政權，發展現代民主制度，自然也對「中國傳統文化」抱持審慎的態度。

坐在北京的一間水煮魚餐廳裡。從一進門，服務員們就沒給過好臉色。無論是帶位的小姑娘、擺碗筷的年輕小伙子、點菜的資深領班，或上菜的中年婦人，他們的表情聲調都擺明了他們其實不太樂意服務這些腦滿腸肥的客人。服務員毫不在意放下一壺熱茶，手一歪，茶水灑了一桌，滴到外國賓客身上，他卻沒有道歉，嘴裡含混咕嚕一句「沒事兒」，他不甘不願丟一疊紙巾在桌上。走了。

外國人邊擦茶水印子邊問：「不都說中國人最好禮嗎？」

「那是因為傳統文化都已經受到破壞了。文化大革命之後，全完了。」北京出生的朋友毫不遲疑地回答；另一個人附和：「什麼都沒有，只剩下錢。」

每個初次進入中國大陸的旅人最不習慣的就是發現中國竟然是一個粗魯的國度。活在這個國家的人們天天都在吵架。計程車司機慣常跟客人爭辯開車路線、收音機音量，客人也絲毫不客氣地回敬；餐廳服務員總是要顧客喊破嗓子才姍姍來遲，面對抱怨就是一句「沒事兒」加上冷冷的批判神情；人行道上騎自行車，斑馬線總是汽車先行；城市人欺負鄉下人，富人鄙視窮人；打扮得體的男女在街上吐痰，做什麼都不排隊，爭先恐後，你推我擠；凶狠眼神，無理態度，一意孤行的自私，在公開場所處處可見。

最常見的解釋就是那個朋友的說法：文化大革命毀壞了中國傳統文

化；基本人性遭受到最殘酷的考驗，之後，性命不保，什麼禮教都顧不上了。一個世代的教育中斷，只剩下苦痛的歷史在掙扎，卻再沒有基本價值的傳續。政治宣導的緊要，蓋過了文化傳遞的迫切。

回到一向和善客氣的台灣社會。在台灣的圓山大飯店，請服務生給我們一群人位置。掃一眼當日剛剛開業仍空蕩蕩的餐廳，她的態度有如女王般尊貴，操一口台灣國語——蔣氏王朝時代在圓山大飯店聽見如此口音是匪夷所思的，這是台灣社會的進步——但她老大不高興，皺眉思考良久，遲遲才賞給我們入口正門邊上的一張桌子，嘴裡仍叨絮唸著我們怎麼讓她不方便，他們生意很好，客人馬上都來了，要我們吃快一點，別占太久桌子。

我們愕然。決定換餐廳，改去了另一個樓層，結果碰見相同的待遇，這回換操中央廣播電台口音的服務生上場，他也不知何故滿臉怒氣，彷佛有客人上門吃飯真是一件討人厭的麻煩事。他故意避而不視的冷淡態度就像嫌惡這些懶惰的客人，你們這些人怎麼回事，自己不懂在家做飯嗎。好吧好吧，你既然要上這兒吃飯，就照我們規矩來，要不就這樣，要不你請走。

頃刻，我以為自己身在北京或上海。同時，我也突然領悟中國發生了什麼事。這就是：當一個人自覺身分定位正在經歷變化，自然，他的價值標準會搖擺、模糊，他的文化認同也就跟著無所適從。他不認為過去的經驗可以幫助他目前的生活處境，甚至，他堅決反對過去的文化價值，然而，新的文化價值卻未必能夠及時準備好。他於是會活得像一個沒有準則的原始人。整個社會對他來說是一塊無邊無際的荒原。他不自覺地活得隔絕而封閉，自以為是。

這並不是說傳統文化一定美好，或古早價值一定正確無誤，更何況很多傳統道德判斷早已不符合當代文明標準。那種黃金時代已經消逝的感嘆，存在於詩人的美學想像力，多於現實。每個年代都有屬於它的光輝與黑暗，每一代人也都有各自的墮落與良善，經歷一代又一代之後，人類總體社會仍然比過去進步許多。

傳統文化的作用在於顯露生活的本質，任時代變遷，世界不斷飛躍向前，生活中總一些東西固定不變，像是向善的信念、互助合群的需求、自然環境的保護，那些簡單而根本的價值如同社會集體的幸福記憶，指向遙遠的未來，構成每一代人的人生的中心。

一般傳統文化時時遭受時代挑戰，必須一再調整，以求與時俱進，所謂的中國傳統文化還遭到政治力的扭曲毀謗。兩岸三地，傳統文化不再單純是父母傳遞給子女的道德價值，而是一場政治獵巫遊戲，一處二次世界大戰遺留下來的地雷區，欲進入者，性命自負。一個人必須極小心去界定自己依附的文化傳統，若你不想被抹黑成封建右派，也不願擔任大中國主義旗手或哪個政府恨不得除之為快的對象，倒不如大聲宣稱自己是法國文化禁臠或迷戀俄國詩歌，反而可以躲開這些簡易粗暴、居心叵測的政治標籤。大陸擊毀傳統文化用力過深，衝擊社會善念，而台灣文化認同撕裂不確定，同樣造成人心浮動。

禮教是一種奢侈。

不僅需要經濟支持，需要時間沉澱，需要心情配合，更需要文化傳承的穩定。歷經國民革命、共產革命、文化大革命後的大陸社會，或想要區別政權與文化之間的必然關連性的民主台灣，及英人統治之後回歸中國的香港，不免感染一點文化認同躁鬱症。舊文化遭懷疑，而像一塊汙點從牆上強力移除，那塊新出現的空白正等待填空。文化空檔之間，社會心情浮躁，表現出來就是人人看似缺乏禮教。

不要國家印記或封建痕跡的「中國傳統文化」是可以理解的心情，尤其是一個意圖革新奔向未來的社會，總是冀望透過拋棄固有包袱來加速現代化的速度。可惜的是，「傳統文化」與國族論述有著糾纏不清的糾葛，屢屢遭政治綁架，因此，人們對過去的擁抱總是遲疑而充滿顧忌，看西方也憤怒而充滿嫉妒，急急忙忙想要追求一個美好的未來，於是自願拿掉腳底的文化地基，以為這樣會跑得比較快；一切，重新開始。

我不知道我是誰，我只要活下去。誰擋我的路，誰就不是個東西。

很多華人去拜訪歐洲時都驚嘆他們對保存傳統建築藝術的不遺餘力。而，在過去三個世紀，歐洲大陸發生過法國大革命、民族國家運動、二次世界大戰，其國族板塊拼圖變化猶如女人身上的流行時裝一般令人眼花撩亂。怎麼把傳統文化與政權繁衍分開，恐怕是所謂中華兒女需要學習的「禮教」。

人人都是名媛富商

他的名字一直被提起。我沒有反應。過一會兒，大陸朋友很疑惑：「妳不知道他嗎？聽說他在台灣非常有名。據說，只要他拿起話筒，全台灣權貴都會接他電話。」我尷尬地承認自己的無知。

另一場聚會，有人說起他認識一位香港名媛，她在香江呼風喚雨，繼承億萬家產，所有八卦媒體競逐報導，剛來上海一口氣在衡山路連買三套房，在場的香港人冷冷地抽菸：「她的名字聽都沒聽過，也不知道她的錢怎麼來的。」本來是要故意讓人印象深刻的一番炫耀，當場，成了社交災難。

當兩岸三地開始交流時，彼此的好奇成為一種自發的歡迎，互相的陌生變成一道浪漫的的想像。遊走三地，同一個人的背景檔案在三個社會難以吻合、甚至矛盾衝突，這類事情時常發生。在港台已經過氣的歌手去了北京，依然受到天王待遇，就像當年美國歌星只有不紅的時候才來台灣開演唱會，他自己也因之受寵若驚，樂享人生第二春。而很多時候，港台社會往內地望過去也是常常霧裡看花，不明就裡，你剛稱讚一個人不錯，當地人卻馬上跳腳斥之愚昧，認識不清。

外地人缺乏上下文的社會解讀，無所謂對錯，得不到當地人的贊同，卻奇妙地創造了一處模糊地帶，供人遊走，讓所有人都有了新開始的可能。在北京寫不出名堂，去了台北就成了北京第一才女；在台北失業，飛到上海馬上混到跨國企業主管職位。此處不留爺，自有留爺處。就在兩岸三地，已有自己小型的全球化運動。

一個人的身分看似一種客觀決定，很多時候，卻更像是他人的主觀認知。他們相信你是誰，你就是誰。一個台灣人告訴香港人自己是個政商通吃的台灣名流，香港人可以選擇相信或不相信這個故事，當他決定相信了，這個台灣人就是故事裡的那個人。跟著，香港人告訴另一個大陸人，大陸人因此而仰慕這位台灣人，希望跟他做生意，同時，也有台灣商人因為相信了這位台灣同胞的大陸人際網絡而投資他的公司。如果生意失敗了，大陸人指責這個台灣人欺瞞，台灣商人也罵他誇大了他的大陸資源，他們都會指控他根本不是他說的那個人；但，如果生意成功了，故事圓滿了，這個台灣人就會成為他自己所說的那個人，皆大歡喜，所謂的真相根本一點也不重要。全球化的遊走，猶似一場美國西部電影，亡命賭徒與正義俠客皆四處流竄。當一個陌生牛仔風塵僕僕的騎馬身影出現在小鎮街道的盡頭，身分難辨，信任成為一種直覺性的賭博。

過去一個人的身分由他的社會環境所固定，在一棟房子裡，他出生、成長、結婚、病故，他的鄰居親友知道他所有生命細節，包括他八歲麻疹、十四歲戀愛、十八歲聯考失敗與四十二歲外遇。他無所躲避，因為生活在他世界裡的所有人都有攝影底片般精準的記憶。他們會永遠記住你每一次過錯、挫敗、恥辱與成功，如同你膝蓋上的疤痕，隨時提醒著你。

法國人卡繆的《異鄉人》清楚描繪出二次大戰後歐洲人的身分危機，戰爭粉碎了古老社區的凝固性，族群四散分落，人類無計劃性地移動，沒有人能證明你是誰，記得你是誰；你熟悉的穩定生活已不存在。你已經來到一處異地，你不能不解釋你是誰，因為他們不認識你。你必須靠你的嘴巴、相貌、服裝及舉止等膚淺外表去解釋（或喬裝）你是誰，而不是歷史、默契、時光、環境或血緣。你將宣稱你是誰，可是，他們不見得要相信你，也很可能就相信了你。每趟起飛落地，每回握手之後，每次交換名片，一個人都在堅持、維護或重塑自我。他要說服陌生人、同時說服自己，他就是他所說的那個人。

「聽說，她其實在台灣名聲不太好，是嗎？」

這次，我準備好了答案：「你想了解她，就跟她做個朋友吧。」

我們都是中國人

他說中文說一半，急切想要正確表達他的想法，他改口南洋口音的英語：「你不可以這麼做。母公司統一政策，全球員工都要遵守。」

「這是中國，為什麼我們中國人不照我們中國人的做法？」他的大陸部屬問他。

他的眼神冷峻，別開視線，不直接看著他的大陸同事，看似跋扈不耐也帶點尷尬不安，不多做解釋，直接語氣匆匆：「因為我們是國際公司，不是本地企業。我們為中國帶來國外經驗。」新加坡人來中國，的確算做跨國經營。

身為中國事業部總監，這位新加坡主管以香港為根基，很少去內地，如果北上，他稱做出差。周末有空，他時常飛回新加坡。他懷念新加坡的綠樹始終高大蓊鬱，新加坡街市越夜越繁華，娘惹美食濃郁猶如熱帶花朵的香氣，女人家的高跟涼鞋喀喀回盪於騎樓間，午後滂沱暴雨答答敲打於屋簷窗前。當大海沉入無邊黑暗，海平面邊緣卻亮起一串閃爍的七彩珠寶，彷彿海神的頸鍊，那是來自世界各地的遠洋船隻，停泊在新加坡港內外休息，等待進港修復或下一次遠颺的任務。

他最愛跟家人去海邊的露天海鮮屋，叫上幾隻肥大的胡椒蟹，炒盤馬來風光，來杯生啤酒，任溼潤海風輕拂他的黃皮膚臉頰，看著周圍人們的和善笑臉，說兩句無傷大雅的冷笑話，酒醉飯飽之後，開著新買的歐洲車，回到辛苦存錢按期貸款買來的公寓，上床好眠到天光。明天又是相同的一天。日復一日。他那環繞椰子樹的世界是一只機械錶，只要定時上發條，時間將按照鐘面刻度移動，一秒都不會錯。

對他來說，新加坡是世界上最好的國家。他認同新加坡的一切，它的專制民主，它的保守性格，它的移民價值，它的現代建設，它的中華管理，它的西式精神。如果他有家庭，他要他的孩子在萬事求安定的新加坡長大。為了工作住到香港已經是他個人忍受的極限。他不認同香港的商業文化，厭惡香港的現實短視。他不信任中國大陸的人才素質，不能忍受當地人的職業操守，對他們的忠誠效率感到絕望。然而，他痛苦地認知，中國目前是整個亞洲的前途，牽一髮動全球。同時，面對急於要擁抱中國市場的西方人，他卻又不免驕傲地以為自己畢竟是會說中文的華人，若誰有資格代表國際勢力進軍中國，新加坡人當仁不讓。因此，無論就個人職業規劃或全球市場趨勢，做一個自許國際人的新加坡人，他都必須接觸、進入甚至深耕中國市場。

於是這個新加坡人來到中國。在普通中國人的眼裡，他也是一個「中國人」。他們看著他的黃皮膚，單眼皮，標準漢人身材，操一口類似地方口音的普通話，是的，他就是一個「中國人」。

一九七八年新加坡總理李光耀與鄧小平會面時，這點微妙的國族血緣出現在談話中。當時，四人幫垮台，鄧小平重新執權，為了加速中國的經濟建設，鄧小平訪問新加坡取經。李光耀的回憶錄裡敘述了兩位國家領導人的互動。晚宴上，鄧小平盛讚新加坡的繁榮進步，李光耀謙虛地表示因為新加坡小，容易治理。鄧小平熱情邀請李光耀訪問中國，李光耀表示等中國從文化大革命恢復元氣，他就去，鄧小平說「那需要很長時間」，李光耀此時回答：「你們真要追上來，甚至會比新加坡做得更好，根本不會有問題，怎麼說我們都只不過是福建、廣東等地目不識丁、沒有田地的農民的後裔，你們有的卻盡是留守中原的達官顯宦、文人學士的後代。」據說，鄧小平聽後沉默不語。

不少新加坡人民讀到這段文字覺得委屈，暗地以為自己最敬愛的領袖是不是把外交辭令說得太謙沖了點。鄧小平的緘默沉思更叫人琢磨。中國的「偉大」，既是巨人肩膀，也是沉重包袱。當年出走的「苦力」，獨力創建了一個他們也能當達官顯貴的新國度，而昔日坐享榮華的仕紳官族浪擲家產，沒落為平民百姓。

新加坡既「Chinese」，也不「Chinese」。這位新加坡主管說中文但不真的說「中文」，而是混雜了許多馬來單字、英文片語、中國方言的新種南洋中文；就像他說英文但不真的說英文，其實是俗稱的「新文」（Singlish）。中文字面上的所有意義，他也許都懂；字面的真正意涵以及後頭的邏輯思考，他從來不懂。「中國」合作夥伴跟他商量一件事，委婉暗示會讓他裹足不前，漂亮中文只會落得雞同鴨講。比起也是浸淫帝國文化已久的英國人，雖是華人的他更不懂什麼叫歷史文化光影交錯所形成的灰色地帶。同事跟他解釋其中奧妙，他會面無表情，聳聳肩，表示他並不非常在乎。他說中文，如同他是華人這件事，只停留在表皮膚色。而他完全有權如此做。因為二十世紀之後，他早不是中國沿海苦力，而是東南亞的新加坡人。說不定，他跟印度金奈人還比跟中國西安人還有話聊；畢竟新加坡飛金奈只要兩個小時半，而印度人早深融於新加坡族群之中。

然而，「中國人」不這麼想。所以，他們對他倨傲尊貴的態度相當不滿。一個白皮膚的美國人自以為是，他們雖不喜歡但能理解。美帝不就是這副模樣，人家國力強盛，我們總之奮發圖強，終有一天中國不光趕上美國，甚至將贏過美國。一個新加坡人對自己的國家引以為豪，他們不以為然。他們不太能分辨「中國」與「新加坡」的區別，雖然，「新加坡」的誕生跟鴉片戰爭或國共戰爭一點關係都沒有，但，只要是對方是「中國人」，他們就認為他們也「擁有」新加坡人，如同他們順理成章「擁有」香港、「擁有」台灣。護照不具任何意義。我們都是炎黃子孫。

新加坡人是華人，就是自己人。因此，三十年後，向鄧小平稱中國人為王官顯貴之後的同一個李光耀建議美國若要維持世界領導地位，就要續留亞洲，與強勢崛起的中國勢力分庭抗禮。忘了他是以一位新加坡領導人身分發言，中國人大罵他「吃裡扒外，數典忘祖」。

而移民新加坡的中國人也從來沒有意識他們換了國籍，拿了不同護照，在不同地方付稅，唱不同的國歌，搖不同的國旗，應該擁有不同的效忠對象。每回中國十月國慶，新加坡的許多中國新移民仍會群聚在自家客廳，一同觀賞北京轉播的閱兵典禮。對這些中國新移民來說，中國是永遠的祖國。即使他們為了當他國公民的諸多好處而自願選擇遠離了中國，如蒲公英種籽散落各地生根的華僑們還是會回頭告訴台灣人千萬不能獨立，因為我們都是「中國人」。

英文的「Chinese」一字概括「中國人」跟「華人」，把種族與國籍混在一起，到了國籍不代表種族的新世紀，早已失去了語言的精準。然而，中國人自己也常常混用，看了誰都說「我們中國人」，即使對方是在巴西出生長大、只說葡語不識一句中文的華人。這種假性不自覺的混用，也許代表了某種程度的政治狡詐，把華人移民都當做了沉睡在他國的本國勢力，但也的確代表了「Chinese」（中華）作為一支古老文明的族群凝聚力與文化力量。

現代國家理應只看國籍與稅單，不在乎種族膚色。「華人」這個身分跟「吉普賽人」、「猶太人」一樣，卻奇怪地保持一種與生俱來的生命烙印，無論出生地和護照國是哪裡，它就這麼魂魄不散地跟著你。這個身分有股時光的霉味，沾滿古老的灰塵，既是一種光榮又是一種詛咒。讓你輕易被認出，也讓這個族群理所當然地控制你。一個猶太人很難脫離猶太以色列的孫悟空金箍，即使他一輩子沒去過以色列，甚至成年後就不再上猶太教堂。中國作為一整個種族的孕育地，她對散落各地的子孫有種胸有成竹的擁有權。這種種族文化的確定性，對生長在西方國家的華人有種錦上添花的文化榮譽感，對凝聚在她周圍的其他獨立華人社會而言則是自我身分的迷惑。有點像是用雙手將上身拉向腳板的瑜珈動作，拉得越近，雙腿肌肉越痛，同時，看不見的地心引力卻一直在吸引你全身重量向下沉。

中國員工對台灣同事私下埋怨這名新加坡主管，說：「他這個中國人怎麼這樣子啊？」台灣人遲疑了一下，出於一種政治正確的自保，他什麼都沒說，只是禮貌性微笑。

旁白第四——島嶼邊緣的中國

中國經驗

中國經驗變成一項技能。就像一個人會吞劍、說法文、高空跳水，或懂得刺十字繡、駕帆船、一分鐘中打七十字之類的特殊才藝。放到個人履歷表上算是卓越經歷，晚宴時能讓你誇誇言談，自我表現，豔驚全場。只要有了所謂的中國經驗，常春藤大學的洋學位也得敬畏三分。

中國正性感。每個人都渴望跟她發生一點關係。然而，歷史上這並不是第一次。事實上，中國從來沒有過時過。義大利商人馬可波羅，明清時代的外國傳教士，十九世紀末的列強商賈，二十世紀初的《紐約時報》記者，二十世紀末的美國總統，二十一世紀的全球資本家，一雙雙眼睛自以為在「發現」中國。每一個旅人回鄉之後無不大力推崇他們新接觸的舊世界。

打開每一份國際報章雜誌，新聞標題火辣辣地寫著：新中國；中國新面孔；中國新希望；中國新氣象；中國新電影；中國新搖滾；中國新中產；中國新企業……。新，新，新，總離不開這個令人血脈賁張的單字。新，像一把威猛熱火，即將燒穿你眼前正在閱讀的這張紙。

那些進出中國、發現中國的人們，努力要強調自己眼中的中國都跟別人不一樣。

是的，是的，「我」看見的，絕對是一個不一樣的中國。「別人」的中國是一隻無藥可救的鴉片鬼，空氣中浮動著腐臭已久的官僚氣息，音樂悽愴哀傷，器皿精巧卻殘破，陳舊窄胡同晃動著一張張布滿橘皮現象的暗黃臉孔，上面鑲著一對對細小狹長的眼睛，像神祕不可解的可怕惡魔般令人顫慄。男人都是腦子迂腐、狡猾虛偽、身體病弱如易斷竹筷的懦夫，女人都是狎淫玩樂、投機愛錢、貧乳扁臀似孩童的妓女。

「我」的中國卻是一個高樓處處起、道路條條通的嶄新國度。去掉了偽善的孔夫子哲學，披上了現代大企業的外衣。男人搖身變成只識時務的精明生意人，女人不幸地仍是那個既菸又酒的性感寶貝。哪裡都能做生意，哪裡都是錢。

當一個陌生人進入如此廣漠的世界，你怎麼行走，如何保護自己。許多宣稱擁有中國經驗的人化身為向觀光客兜售手工飾物的當地導遊，湧向你，包圍你，拉扯你的衣袖，要你信任他，請求你跟他走。他們總是說，中國很大，你永遠不知道水有多深，沒有一點「關係」，你哪兒也去不了，什麼事也做不好。倒過來，有了關係，你儘可以像隻舉止傲慢的肥蟹橫行中國，把中國當作你家後池塘。

無論是誰告訴你這項真理，他們的句子都一樣：「我有關係。」你跟我談，就對了。

女人會說她跟軍政長的兒子訂過婚，弟弟娶了總理堂弟的女兒，手帕交是省長的情婦；男人炫耀他剛跟市長打完小白球，周末約了署長上山烤肉，政協委員找他一起做投資說了好久，老婆跟國營企業老闆的太太每天一起喝茶。他在工商局有朋友，她在國稅局上過班。都熟。都認識。打聲招呼，什麼問題都沒有。

外來者先是驚嚇，然後諷刺，然後批評，然後不解，然後無奈，然後接受，然後習慣，最後他們也說：我來中國幾年了，沒有人比我更懂中國。只有我才有第一手經驗可以教導你認識中國，精準分析消費市場，引領你結交有力的官員權貴，我幫你做商業計劃書，你請我當顧問，給我一筆錢我幫你操盤。有我，你放心。

但你怎麼放心，當周圍所有的談判都不公開，交易都不明白，資訊都不分享。你的「新」朋友宣稱為你在海底用強化玻璃纖維打造了一條透明隧道，讓你得以安全地在中國這塊大海底下走動，巨型鯊魚敞開利齒四處游晃，偶爾作勢撲向你，可是，正如你的朋友所說，牠們不能真正傷害你——是嗎？你人在深海底，耳朵聽不見一點點聲音，海水看似溫柔寧靜，卻也隱藏殘酷無常的暴力，隨時能輕易將你吞噬滅頂。你的空氣，你的環境，你的存在方式，均不自然。你在中國生存的唯一氧氣筒是你新朋友的友誼。而你的朋友可以跟你作朋友，明天也能跟鯊魚作朋友。他們才是真正精明的魚兒。哪裡有水，他們哪裡游去。

二十世紀初，清朝落幕，民國剛上台，毛姆在中國旅行時遇見一個中國內閣官員。內閣官員在他面前感嘆中國的哀落，惺惺作態地為中國當時現況掉淚。「對我而言，最迷人的部分就在，整個談話之間我一直知道他是個惡棍。腐敗，無能，寡廉鮮恥，他不會讓任何人擋他的路。他是壓榨能手。」毛姆寫道，「把中國搞成一片他如此惋惜的絕望之地，他必定也享份功勞。」

窮人家的孩子

整個二十世紀，中國人都在逃難。改朝換代、內戰、抗戰、革命、再革命，華人倉皇散落地球四處，被不同政權統治。父執輩一再告誡，低頭，安靜，先吃飽再說。

性命都沒了，人還能奢求什麼。活著，是唯一的生命目標。其餘都不重要。

突然間，問起中國還需要什麼嗎這類奢侈問題。彷彿，高樓大廈都蓋完了，就業致富的空間開放了，自由旅行的權利也有了，子孫健康活潑，坐在大減價買來的時髦沙發上，拿著電視遙控器，撫摸著日漸失控的便便肚腩，閒閒自問，人生夫復何求。

怎麼，人類卻果真慾壑難填。腦子稍微一轉，就轉出一堆念頭。站在北京的街頭，享受過奧運光輝時刻，環顧四周，突然悟道，其實每個人差不多都知道中國還需要什麼。清潔的空氣，乾淨的飲水，暢快的交通，對文化傳統多一點尊重，對個體生命多一點珍惜，乃至社會格局的縮短城鄉差距、力行均富原則、打擊貪腐特權等等。

可是，藏在心底暗處的那個窮人家孩子卻小聲在說，哎，我能做啥。我區區蠅生，但求溫飽而已。

中國還需要什麼，書寫阿拉伯的《天方夜譚》用了一千個夜晚，中國的事情又豈是三天兩夜能濃縮談完？何況，社會是有機體，只要活著一天，就會不斷繁衍出新問題，跟人的身體一樣需要維修保養。發現、面對並解決問題，乃是社會運行常態，文明就靠天天這麼一點一點問題解決而逐漸往前邁步。

真的要問的，已不是中國社會還有哪些需求，而是怎麼解決這些需求，還有誰來滿足這些需求。聰明如中國人，看自己的社會比誰都精準。私下討論事情，個個說得眉飛色舞，言之成理。提起解套方法，忽然沉默不語，要不抽菸喝酒，要不仰天長嘆。怎麼說呢，只能說，全是政府的錯，全是貪官汙吏的錯，全是中國文化的錯，全是大環境的錯，自己卻無論如何都無能為力。別人違反道德底線原則，絕對是大逆不道的小人，自己搞了破壞，卻全是為了求生存而不得不如此的妥協。

那個窮人家的孩子可憐兮兮地說，不然，能怎麼辦，我可沒法活下去。

集體是隻面目模糊的怪獸。傳說中，這隻怪獸是不斷迫害中國人的可怕惡魔。這個中國人是窮人家的孩子，為了求生存，什麼事情都得做；也，都做得出來。他可以沒夜沒日地工作，勤懇苦幹，愛護家人，卻也很有能力撒謊欺騙，勇於內鬥，既無身分認同，也缺民族自尊。他只想賺錢，賺很多很多的錢。而他之所以出現雙重人格的現象，全是這隻怪獸逼得他精神分裂。

然而，人們選擇自己的社會。今日社會長成如何模樣，每個人都逃脫不了部分責任。社會或許能由一群特定的人來主導，但是，任一制度習性若沒有得到廣大群眾的支持與認同，也很難上行下效地有力執行。選擇緘默，都算是默許了現今社會的集體做法。社會看似龐大，人口看似複雜，也都還是一個個小個體集結而成。其中，每一個個體都扮演了他／她該扮演的關鍵角色。一串ＤＮＡ之中，一個染色體拒絕執行命令，就能教遺傳結果生變。原子雖小，卻是造成巨大爆炸的主力。

魯迅描寫了阿Q，柏楊批鬥了醜陋的中國人，整個事態並沒有改變。我們還是一直這麼把日子過下去。即使，清朝倒了，國民政府去了台灣，共產革命成功了，中國開放了，生存者哲學依舊如陳年鬼魅般糾纏著每一個中國人。怎麼都是全世界的錯，我的一切作為不過是反應外在世界的攻擊而做出的不得已防衛。

於是，大原則始終誇誇而談，道德搬了出來曬太陽、又扛回去庫藏，道理人人都懂，但誰都不認為此事與我有關。結果就是百病叢生的社會現狀。由個體組成的集體名喚「社會」，乃為萬惡之首。究竟如何為社會這隻邪惡貓咪掛鈴噹，平日滿屋子快活亂逛的老鼠群此刻卻個個抱頭竄逃。

都跟你說是貓咪了嘛，關我們老鼠什麼事。

如此心態讓每個個體自認不能為自己的行為負責。不能負責，就不必負責。一但脫卸了責任，就很難繼續推敲個體行為法則的定義，也就不能期待人人自重。少了自重心態，很多道德美行都不是為了尊崇自己的人格而做，不是為了對得起自己的教育而做，不是為了人類文明的普世價值而做，而是因為畏懼公權力，因為害怕他人的監視目光，因為擔心受到懲罰。於是，政府管不到、別人看不到、懲罰受不到的地方，老鼠們為所欲為，敞開拘束，放任自己自由。

問，為什麼那些貪官不能少拿一點，為什麼中國富豪不能像美國的巴菲特、比爾蓋茲一樣成為慈善家，為什麼穿著光鮮的白領不願排隊等車，為什麼建築商要偷工減料，為什麼商家要拿化學藥劑做紅心鴨蛋，為什麼有那麼明確的法律卻總有人不願意遵守，說穿了，都是二十世紀遺存的逃難心態，中國這個窮人家的孩子到現在都還對生存這件事情感到不紮實，不知道今日富貴還能有幾年風光，雖然稍微過起像樣日子了，卻仍擺脫不了原始求生慾望的控制脅迫。為了要活下去，不惜猙獰自己的臉孔。

弔詭的是，這張猙獰的臉孔究竟是嚇唬了誰的生活呢？

中國蜘蛛俠

湖南長沙長大的小劉問我，第一次到了天安門廣場的感覺如何。我反問他自己的初次印象。大學畢業，很年輕當了雜誌主編和孩子父親的小劉一臉感動：「我的眼淚當場就流下來了。」

二〇〇一年九月十一日晚上九點多，我在北京忙著找一台裝有美國有線電視新聞網的電視機。聽說紐約世貿雙塔被炸了。怎麼炸，誰炸的，為什麼炸，毫無頭緒。三里屯酒吧裡的外國人還在跟當地女孩調情，北京出租車司機的臭口絲毫不減，盜版好萊塢影碟仍大街小巷火熱熱地賣，外商投資的大樓日夜趕工沒有停頓。

天，不會因為時差正好十二小時的紐約發生了什麼事而塌下來。北京永遠一副「天皇老子頂著呢你怕什麼」的神閒氣派。

隔日一早，小劉見了我第一句話：「紐約世貿炸燬了，妳覺得怎樣？」

我表達了我的震驚，認為這是全人類的不幸。他耐心地聽完我一套堂堂正正的人道論述，笑容始終機狡而興奮；是的，他看上去非常興奮。

「我懂我懂，可是，我想知道的是，妳私底下真實的感受是什麼？」他乾脆打斷我直說：「難道，妳不會覺得有一點點竊喜嗎？妳不想放鞭炮嗎？身為一個中國人，我會說，他們美國人總算得到一點教訓！」

旁邊，三十多歲的一位外企白領女主管撥弄她撩人的長髮，伸長她穿著國外設計師高跟鞋的優美雙腿，開口附和他的觀點：「哎，美國多年來玩弄 International politics，一定是會遭受報應。我們 China 處處受到他們欺壓，現在也吐了一口氣。」這位風情萬種的中國女子拿的是澳洲護照，先生在雪梨開公司，她不願忍受寂寞的異鄉生活，拿到了移民身分便決定回國發展。愛國主義和外國護照之間的反諷，當時，顯然不是她想要討論的議題。所謂國際政治才是她的關注。她自信滔滔分析美國在中東、印度半島還有台灣海峽的政治操弄。

「外交本來就是一場不見血的戰爭，不聞硝煙未必戰況比較不慘烈。要求一個國家不為己身利益去『玩』外交，似乎不太實際。」我問，中國在朝鮮半島、中南半島及印度半島難道不維護自己的地緣利益，與中亞、非洲各國結盟不也多少與能源資源有關。說是為了世界和平，但誰不爾虞我詐，以求保障本國權益？外交談判，即以文明方式各取所需，避免戰爭。即使對美國帝國主義作風不滿，討論紐約九一一事件時，至少也該包含一部分對於造成平民傷亡的戰爭譴責吧。他們全露出一臉戒心。

我突然意識到，他們根本不想跟我討論九一一或紐約。他們事實上在跟我談論台灣海峽。歷史對我們這群所謂的「中國人」做了什麼事，竟讓我們彼此敵視，寧可把最大善意留給一個毫不相干的火星人，也不願彼此老老實實地說話，要這麼高來高去地互相「統戰」。這大概也算一種變相的「外交」。

兩岸，有各自的歷史包袱要背。你有你的毛澤東、大躍進、文化大革命，我有我的蔣中正、二二八跟白色恐怖。不約而同，我們從小就被灌滿了一堆清末民初的純真救國情操，一心一意只想報效民族，拯救中國——關於救中國這部分，出生在台灣的我算是僭越本分了點。愛國情操讓小劉去天安門廣場參加觀旗典禮比看著他第一個孩子出生更教他感動，民族情懷讓這個愛說英文單字、全身上下國外名牌的外企粉領忘了自己的澳洲護照，因為要救中國，讓他們倆覺得有義務要藉紐約雙塔事件告訴眼前這個「認美國作爸爸」的迷失台灣人，美國其實是一個邪惡的國家，趕快回到祖國懷抱。

美國出兵伊拉克的那一天，一位北京朋友搖頭：「妳看看，這個美國多野蠻，打了阿富汗還不夠，現在又要去打伊拉克，說打就打！他們其實真正目的是要打中國！因為中國太強了，他們受不了！」他拿企管學位，從事金融投資，平時開口閉口就是引進外資、併購內地企業、去紐約掛牌上市。他人生的兩項最愛是派對上最年輕漂亮的美眉和市面上最先進炫酷的高科技產品。

我以為他在開玩笑，之後才知道這真是許多中國人擔心的問題。不少大陸人確信美國會攻打中國，不為台灣海峽，也會因為中國遲早要發生的富強。一位中國科學家朋友表情嚴峻向我說，美國打中國之前，日本會先下手，因為中日之間的仇恨尚未了結，而全世界最不願看見中國強盛的國家就是日本。言者均信誓旦旦，嚴肅認真，非常相信自己的說法，因為尚未找到明確證據支持論點，他們皆以下句話總結，「妳等著看好了！」歷史會證明一切。

中國這頭睡獅即將甦醒過來，詭異地，她認為外面等著她的不是一個鳥語花香的美麗新世界，卻是一個敵人虎視眈眈、危機四伏的敵意環境。而她的因應對策便是高舉國族主義為盾牌，以阻擋想像中即將從四方射發的明槍暗箭。

國族主義是一頭令人害怕的野蠻動物。它限制人們對文明真理的分享，削弱人們對自我的想像力，低估本身文化容量，無法超越族群排他求生的原始本能，摧毀人道同理心，讓你以為手掌只能向內握成拳頭、而不是向外伸出握手才能保護自己。如果一個注定變成世界強權的國家無法跨越己身的國族激情，學習尊重其他種族國家不論大小都與她分享同等重要的生存權，她也就不能理解自己在這個世界所應扮演的責任和角色。

面對一個「西方製造」的全球，世人渴望中國崛起，均衡版圖，讓世界更平等相容，同時，卻也擔憂中國日益狂熱的國族主義，不過生出另一個「中國製造」的全球。

若世人果真害怕中國強大，也是因為喜歡或不喜歡，所有人至少清楚美國所主導的全球相貌，卻還不知清楚中國統領之後的世界狀態。若美國代表了民主，法國代表了人權，英國代表了法律，截至目前為止，世人並不清楚「中國」究竟代表了什麼。目前國際社會相信民主，支持人權，保障市場自由，譴責迫害人民的不良政權，走均權路線，仍忌憚西方勢力的中國把這些普世價值視為純粹西方產物，因而多所保留，不願表態支持，在國際組織或國際行動中每每錯失積極作用的契機，讓中國無法以文明之國高度領導世界，而僅僅表現出實利主義的機關算計。實利主義更反倒過來影響中國內部的平衡發展。實利主義引發憤世嫉俗，輕蔑抽象理想，導致官員百姓都沒有動機建設，只熱衷巧取豪奪，不惜違法，一切都顯得短視、急功近利，缺乏長遠規劃，整個社會根本無意凝聚出一個價值中心。實利主義的出現，也許因為中國太過古老，經歷太多變遷，發生太多革命，信仰幾近破爛，中國人的眼睛已經太過老練，生命遭受多次威脅，理想主義成了個笑話，面對不公不義，他們只會聳聳肩，承認「人不為己，天誅地滅」乃是永恆的真理。二十世紀的共產革命或許是中國最後一次的集體天真，之後，日頭炎炎，隨人顧性命。任何道德理念，都不過是便宜行事、掩蓋動機的障眼法。包括每一次國際社會高調要做點什麼，不管用人權還是民主的「藉口」，對中國來說都像是一場不值得參與的惺惺作戲。

在十四、五世紀，西方各國嚮往中國優質商品，傾盡財力打造航海艦隊，但求打通一條商路，與中國直接貿易。十七、八世紀，他們挖空南美白銀，為了換取中國的茶葉、瓷器與絲綢。到了二十一世紀，中國卻成了自私吞噬地球能源只求己身富裕強盛的邪惡大國，這種國際形象轉變已不是害怕黃禍的陰謀論足以解釋。

國際大國的資格並不只是經貿實力及國土面積，更重要的是，如何使用自己的力量。好萊塢電影《蜘蛛俠》的名句：「更大的力量伴隨著更大的責任」。富強之後的中國如何拋棄國際受害者情結，衝破窮人求生的實利主義，真正不求回報地為建設世界的未來而努力，那一天，中國才真正又回到了國際社會，而不只是一塊人人爭相淘金的應許之地。

蕩婦還是聖女？

「在中國，每個稍微覺得自己時髦一點的女人都覺得自己活在美國影集《慾望城市》裡。」周末聚會，話題圍繞著一位勁爆女作家。二十多歲，在中國南方當女編輯，宣稱頂多兩周就換一次男友或性伴侶。她把每次經驗、每個情人都寫成文字，發表在網路上。她使用白描文體，一點遮掩企圖也不想有，每個男人的名字、體型、職業、尺寸，完全真實。不是什麼對號入座，其實就是新聞報導。有趣的是，儘管她暴露了所有情人的身分，她自己卻用了個筆名寫作。

在中國，每個稍微覺得自己時髦一點的女人都覺得自己活在《慾望城市》。下雪的北京城夜晚，聚會上有人評論。因為影集裡面的女人擁有成打的設計師鞋子，漂亮的職業頭銜，參加不完的派對，和無憂無慮的經濟收入；以及，睡不盡的男伴。男人是蛋糕上裝飾用的櫻桃，具有賞心悅目的功效；身體好的時候多吃幾顆，感到噁心的時候，把它從蛋糕上撥開就是了。別忘了，這種理論唯一可被徹底執行的基礎是這些女人有機會把男人當作櫻桃。我的意思是，她們周圍總是有無窮無盡的調情對象、潛在性伴侶、三星期男友材料、地下情人、游走於友情與愛情之間的好友……櫻桃之所以是櫻桃，因為它雖具季節性，卻永不缺貨，年年春季都有一批新鮮櫻桃從樹上成熟，每顆櫻桃都長相類似，滋味相當，每一顆櫻桃都能取代另一顆櫻桃。櫻桃不是鑽石。它不夠稀有，不夠獨特，不必花很大代價就能取得。這些女人不缺情人，暗示了她們性感、美麗、聰明，獨一無二——而不是什麼獨立自主——她們才是男人追求的鑽石。

而，鑽石女郎住在紐約。目前地球上最具活力的大都會。那些鮮花、約會、閃亮職稱、名牌衣服、午夜派對、長相可口的漢子，代表的不只是一個現代女性的性解放而已。對經歷過二十世紀的革命中國來說，性革命不過是一根塞牙縫的牙籤。那些所謂自以為時髦的中國女性要的不是那份對男性的權力，而是那個光鮮乾淨、便利舒適的現代都市環境。在那座城市裡，有著最先進的乳酪蛋糕、最前衛的藝術表演、最世故的時裝設計、最富智性的談話、最複雜的地下鐵路線、最多樣的餐廳選擇、最考究的美容中心、最多金的職業收入，然後，才是那些最有趣的男人。

這些，才是她們想要的。我以為。「不然，」我問，「為什麼她們都要做凱莉，而不是莎曼珊？」

如果她們只在乎性解放，她們就會像莎曼珊一樣忙於身體力行，省略了那一大套心理分析女性主權男女關係的廢話。可，她們不。她們必須在夢醒時分起身離開情人，打開電腦，敲下自己內心的空虛與疑問。她們擺出一副放浪形骸的寶貝模樣，滿不在乎地公布自己和情人做愛的細節；同時，她們又要皺緊眉頭問自己，男人只能做到這些嗎？幻滅一定是成長的代價嗎？這五分鐘就是我想像中的快樂嗎？這就是我要的生活嗎？她們不能只當感官的莎曼珊，她們更想做寫專欄的凱莉。她們既是蕩婦，又是聖女。因為她們認為自己一直在思考。如果批評她們的作品不是文學、而不過是滿足大眾偷窺私慾的色情文字，她們恐怕會大大不以為然。

可惜，北京還不是紐約，上海還不是巴黎，廣州也仍不是洛杉磯。在這些中國都市徹底現代化之前，中國的凱莉們暫時還無法擁有她們的當季衣櫥、新潮行業、美食品味與看似寂寞可憐的獨居生活。但，她們可以先享有她們的性解放。

中國藝術童話

朋友嚷著崇明島上將有一場中國藝術家的狂歡會。屆時，內地所有具有叛逆細胞的藝術家都將渡海前往。三天三夜。發表作品，盡情交流。怎麼聽，都像是一場感官饗宴。

說的人一本正經地搖頭：「不，不，純粹是藝術聚會，不是妳齷齪念頭裡的什麼雜交派對。」傳說中他也是一個行動藝術家，雖然二十年沒有作品，以一名藝術家的革命感情，他仍打算去「刺激腦子」。

他神祕兮兮地說：「有八個女性藝術家要一起做場行動藝術。非常前衛。很嚇人的概念。」

真的真的真的，他連說三次。

「八個女人？多前衛？」我看一下他的表情，繼續問，「不會就是八個女人一起脫衣服吧？」

這位中國前衛藝術家愣了一秒，又給了我一次保證：「妳不會後悔。一定要去。」

二〇〇七年德國卡賽爾文件展，一位中國藝術家提了一個作品叫做《童話》。《童話》不是一幅黏貼了大象糞便的畫作，也不是一組收集了各地垃圾以抗議環境汙染的廢物堆，而是一千零一個中國人將應藝術家及主辦單位的邀請，前往卡賽爾遊玩。這件作品的創作概念立基於中國人向來視出國旅遊為人生一大成就，因為展現了經濟能力與社會地位的成功，藝術家總共要邀請一千零一個來自不同社會階層的中國人，包括了農民、教師、警察、藝術家，還有生活在中國廣西偏遠山村的侗族人，每批兩百人，在文件展舉行的時節裡，先後前往這個德國城鎮旅行。這項作品估價歐元八百萬元，剛提出來就得到瑞士一家畫廊的贊助，整個作品完成之時，將打破藝術史記錄，成為古今中外造價最高的一件藝術品。如此作品，大概也只能出自中國藝術家之手。

中國果真是泱泱大國。出身島嶼邊緣的我時常如此感覺。

這裡談的不只是地理遼闊或物產豐富或人口密集，而是隨便中國人做點什麼，都會驚豔，都是創新，都叫前衛。國際社會無論如何均暫時停止呼吸。

中國的藝術家在傾圮的胡同牆上塗鴉簡單的自己頭部線條，外國人驚呼，視為「庸俗的資本主義侵襲舊人文社區的省思」，而願意花美金四百元買下一張光影平板的存證照片，同等塗鴉發生在巴西，只是貧民窟孩子無言抗議社會的非法手段，代表了一點窮人的社會批判精神，警察喊抓，社會學家深表同情，藝術圈子不會稱做藝術；住商兩用大樓是一門房地產生意，港台處處可見，市民皆恨其庸俗，放進現代中國的社會文本裡，房地產商人成了讓東方遇見西方、現代揉合傳統的「新中國」代表，儼然「新興中產階級」生活代言人，也是都市文化創新者，每一項工程的破土都在撼動中國社會的古老大地，改造中國人的居住文化，世界經濟論壇急切闢場討論，同樣大樓若起在巴黎市中心，報章頭條標題將憤怒抨擊建築風格，市民會群聚抗議，批評商人只為賺錢，破壞他們心愛的都市，抹滅他們的共同記憶；其他國家女人談性已是感官疲軟的媒體特技行為，予人「露乳搏版面」的廉價感，中國女人書寫身體卻仍能冠上女權先鋒的名號，代表打破迂腐父權的性解放，記憶女性身體的情感，國際媒體成篇累牘大幅報導，作品翻成多種語文，以文學之名，全世界都在熱切閱讀中國女人的性生活。那些狂野性感的文字，遊走於色情與藝術之間，挑戰讀者的反動神經，絕對是破天荒的原創作品。

費里尼說得不錯：「我喜愛秩序。有了秩序，才有我的創作。」

沒有了所謂政治高壓，沒有了所謂保守傳統，沒有了所謂一律平等的共產哲學表象，一切反叛、一切思維、一切尖銳都將失去刺點，毫無咀嚼的力道，變得平淡無奇。沒有強烈反差，便沒有明顯衝突。沒有明顯衝突，就不能拿批判當做唯一的創作。

歷史悠久的中國，在新世紀裡卻是一個青少年的國家。能夠對父母說不，那已是一種激進哲學的表態。當你是青少年時，你只要懂得反抗這個現成的世界，這就給了你鮮明的個性和自認特殊的權力。當你是青少年時，你的思想能青澀莽撞，只要有勇氣表達自己，世界便會給予你掌聲。當你是青少年時，你被容許有自憐的情緒，可以完全地自我中心，覺得全世界都應該主動來了解你，而不是相反。

至於創造這個世界與後續的維修工作，不是青少年的工作。他們只要懂得說不，持續抗拒。就夠了。

我身在上海新天地一家新開幕的家具店裡，周圍擺滿了進口的國外設計家具。來自香港的創辦人面有傲色地告訴我：「這是一間概念店。」

「什麼概念？」我問。

他睥睨了我一眼：「妳看不出來嗎？」

我仍茫然。他決定對我好一點，跟我解釋：「這以前在中國沒有的。很前衛的。」

我期待，政治不再干涉藝術的那一天早早來臨，讓億萬中國人擁有百分之兩百的創作自由，讓他們的瑰麗想像力如璀璨煙火綻放於無盡夜空，讓他們的創造力如脫韁野馬馳騁於廣闊大地。我相信我們的世界將非常美麗。

活著

在中國，我發現經常問自己一個最基本不過的問題：「人」是什麼。

法國人類學大師李維史陀在《憂鬱的熱帶》書裡提到，在印度旅行，最困難的部分是你如何面對你自己的人性。當你必須被迫與貧窮臉對臉，那些無數乞求的手與眼睛、那些完全一點點自身尊嚴都不想留只為了服務你的「生物」，逼得你不得不審視思考所謂「人」的定義。

中國困擾我的，並不是貧窮。而是「活著」這個概念。

在北京後海，窄小胡同裡世世代代的人就這麼活下來。當你在美麗星期日下午散步，全北京唯一有水的這塊舊社區散發說不盡的迷人魅力。年輕情侶坐在湖邊石凳上熱情擁吻到令人發窘的地步；膀爺們赤身露體地剛從湖裡爬起來，站在寫著「禁止游泳」的牌子下面滴水；自以為前衛時髦的都市白領進出鄰近熱門 PUB 和茶館，那些店鋪的主人不是藝術家就是退休的廣告界人士；小姑娘騎著腳踏車從舊胡同穿過，柳樹伸手低低掠過湖面的船隻，天空很藍，微風很輕，一個恍神，當年的二級文官似乎正要推開老舊木門從高高楊樹的陰影下走出來，混雜在北上的絲綢商人之中，前往南邊酒樓喝上一碗黃酒，嚼幾顆蠶豆。

喝春酒的時候，朋友告訴我一個故事。就在這塊時光有若打瞌睡的安詳社區裡，兩個鄰居相約了喝酒。一下午，足足五小時，他們相互斟酒、勸菜，偶爾還勾肩搭背，一副好哥兒們模樣。喝到太陽把影子拉長，月亮浮出夜空，他們互道再見，在巷口分手，各自回家。這時，跟我朋友走在一起的這名鄰居才說，你知道嗎，文革的時候，就是剛剛跟我喝酒的那個小子公開批鬥了我家，把我爹打個半死，差點活不過來。

他就這麼閒閒地說著。臉上還有微笑。然後，文革結束，日子還是得過。兩家還是得作鄰居。時間久了，過節時也會約著喝酒。

那種對生命兀自循環現象的理所當然，壓著聽故事的人喘不過氣來。是，生命總會繼續；是，時間拉長來看，人生真是沒什麼大不了的；你出生，世界會待你不公，別人會對你不義，你撐過去，咬一咬牙，轉個脖子，沒事，很快又是一番新天地。

只要留得青山在，不怕沒柴燒。這種生命態度不光是歷史受害者用來應付艱苦的生命時光，就連是那個犯罪欺壓別人的主體也能用同樣邏輯安慰自己去下手。重點是大家都要活。活下去，是所有人最要緊的基本處世原則。

好死不如賴活。是非，恐怕，倒是其次。

以基督教思想為基底的西方哲學對「罪」的嚴格定義與討論，對東方中國來說是那麼咄咄逼人，簡直匪夷所思。古希臘悲劇的伊底帕斯在完全不知情的狀態下殺了自己的父親，娶了自己的母親，雖然從人面獸身妖怪下救了整座城邦因而成了英雄，當他知道了真相後，他還是決定刺瞎雙眼，將自我流放，因為罪就是罪。不管你自覺或不自覺，你都是犯下這樁罪行的兇手。你必須負責任。這是西方的生命態度。

在中國，不知情者，當然無罪。情勢所逼，人為了活下去所做的判斷或手段，都是必須被諒解，而且得到原諒。

中國文學永遠是那麼悲涼，卻沒有控訴。你可以詛咒某個時代、某個事件、某個情勢，但，個體很少擔當任何權責。全是一個面目模糊的群體，某段無法鎖定的時空或實在難以控制的局勢。時代，時代，一切都是時代。人那麼渺小，那麼無能為力，即使是權貴也宣稱自己其實忌憚時代巨流，只能隨波逐流。踐踏或被踐踏，都是一種個人意志不能主導的「不得不」。然後，時光流轉，情況倒置，角色交換，大家挪挪身子擠一擠，還是想辦法活下去。

可，人活著是為了什麼。活著本身，是否已經足夠算做生命全部的目的。社會由個體組成，但每個中國人又似乎跟這個社會曾經或正在發生的所有事情毫無關聯。胡同的夜很黑，歷史的謎很深，說故事的朋友坐在月亮從樹蔭灑落的點點陰影裡，他的聲音比後海的池水更靜，「妳問太多問題了。在中國，問太多問題，會活得很不好。」

純真野蠻人

我聽來這個故事。她和她的朋友在中國大西北旅行，企圖橫過一條河溪。眼下沒有一座橋。溪水表面平靜，寬度不大，他們猶疑，擔心沾滓全身，然後看見對岸大石後面躲著幾個當地農民。他們拉開喉嚨詢問附近是否有橋。對方保持沉默，不搖頭也不點頭，卻像受驚的烏龜把頭快速地縮回石頭之後。

旅者又站在岸邊觀察了一會兒，同時知道自己也被石頭後的眼睛觀察著。附近樹林傳來幾聲鳥鳴，西北特有的藍天飄著幾絲雲絮。沒有風，也沒有橋。他們撩起褲管，赤足過溪。起初還好，走到溪面寬度三分之一時，溪底突然下降，個頭矮小的女性旅者開始驚惶失措，因為腳碰不到地而失聲尖叫，不到一會兒，男性旅者也因為溪面之下隱藏的漩渦而失去平衡。

「行李全散了，幾個人的手伸出水面，四處亂抓，抓不到一根浮木或任何可以支撐的東西」，她心有餘悸地說，「我連喝了幾口水，以為自己就要沉了。」

整個過程被對岸的觀察者盡收眼底。他們呼救，掙扎，驚恐，不知是彼此扶持還是共同沉淪地相互拉扯，終於披頭散髮地過了河。一竿子人癱坐於岸邊，氣喘吁吁，農民默默地從石頭後現身，旅者抬起筋疲力盡的眼睛，問他們剛才為什麼不搭救。農民不說話。

「妳看著他們，一身黑皮膚，眼睛淳樸真誠，站在那裡，像個未開化的孩子，再無辜純潔不過。」她說。

接著，旅者詢問，村子有否地方供他們清理換裝，甚至歇腳過夜。帶頭的農民立即自願提供他自己的家。他快手快腳地撈起旅者散落河邊的行李，吆喝同伴一同扛上他家。晚上，為了款待遠來的客人，他殺了家裡唯一的母雞，燉了雞湯，又做了辣炒雞塊、鮮炒野菜，口味隨便，茶淡飯粗，但是農家的好客讓旅者吃得極其香甜。

喝了幾口劣酒，大家醉醺醺地聊開。打算過夜的客人問起白天過河的事情，怎麼附近沒有一座橋呢，村民如何跟外界聯繫呢。有的，有的，在他們過河地點的一里外就跨著一座結實的木橋。

客人放下酒杯，久久不能言語。

她全身起雞皮疙瘩，驚愕得合不攏嘴。對方的眼神寧靜祥和，有如冬日晨光般溫暖。「那你們為什麼不告訴我們呢？我們差點淹死呀。」她激動起來，彷彿又回到那個農村的夜晚，「我們這麼質問他們，他們也連連道歉。我們於是問他們，就在我們幾乎滅頂的時候，他們究竟在想什麼，為什麼不伸手救我們。他們答，他們在等我們死。」

農家的主人解釋，因為過去許多旅者在過河的時候淹死，他們撈起屍體，隨即趕來的家屬為了感謝他們安慰死者的「善舉」，往往掏錢謝禮。一具屍體，人民幣三百至五百元不等。村民算算，過河的旅者總共五個人，意味著兩千五百元人民幣。他們站在石頭後面，耐心地等著，等待過河旅者的死亡，等待他們的兩千五百元人民幣。

「結果，我們順利過河了，他們也不因此失望，還是高高興興邀我們去他們家裡作客，殺雞、煮菜、燒茶，夫妻兩人把兩個小孩趕下炕，跟自己一起擠地下過夜，把家裡唯一床位留給城裡來的客人。隔天早晨起床，我們要留錢，他們一直不肯收，強調大家做個朋友。臨走前，又塞了幾個包子作我們路上的點心。」她搖搖頭，「妳說他們這些人邪惡還是純真，惡魔還是天使？為了區區兩千五，他們衷心希望你的死亡，見死不救；同時，在生活如此貧窮艱難之際，他們又竭盡所能地拿出自己僅有的，只為了滿足陌生人一夜的需求，完全不求回報。我真不知道該怎麼看待這個故事了。」

城鄉差序

二〇〇二年初夏，大陸五省市鬧大水，三百多人死亡，三千多萬人的身家財產遭受損失，三百六十五萬公頃的農地完全淹沒。

而北京街頭闊談世界盃足球賽，剛剛被一把火燒掉了的一家網吧是令人覺得事態嚴重的社會議題。電視新聞提到洪水，未見對過去防洪措施的檢討，只談勇於犧牲救人的黨委書記如何在被抬棺時讓百人同時下跪，如同那些所謂根據真人真事改編的次級劇情片，總是煽情而動人，而且事情自動會有完滿的結局。朋友說，中國太大，有點距離的省分就顯得事不關己。日子總要過下去。

過了幾天，計程車在長安大街遇上堵車。車子行經交通事故現場，一名五十歲左右的婦女四腳朝天地躺著，頭破了一個大洞，白色腦漿混合紅似玫瑰的鮮血跟北京塵土黏成塊狀。司機說，嘿，準是個農民，連馬路也不會過，撞死了也是意料中事。他一副幸災樂禍的得意。我想起春天三月底在新疆烏魯木齊市，也是一名婦女過馬路，公車司機緊急剎車，一個女乘客因而一屁股坐壞了手上拎著的蛋糕，整車的人窮凶惡極地下來要那名站在街心呆若木雞的「民女」負責賠償，她自認無辜，所有人於是如同押犯人般把她押上車，女乘客還親自坐在她旁邊防止她逃跑。沒有人跟她交代她的命運，車子一路使勁往前開。忽然，她拉開車窗，縱身向外跳，送醫後不治。一名民工說，她要是穿得像城裡的人，誰敢拉她上車，妨礙她人身自由。

西方的共產革命是工人的革命，中國的共產革命是農民的革命。中國開放之後，說一個人腦筋不開通、無法溝通，往往就批評他是農民的兒子。北京商圈一件賣給城市白領的襯衫標價人民幣三千元，農村出來的民工一個月掙不到三百塊錢。城裡人說起鄉下人言語間總是充滿歧視，責怪城市社會問題都是那些外地人造成的。連隨地吐痰，都不是北京當地人所為，一個熟人這麼向我保證。

隨著經濟力擴大，城鄉差距變成中國潛藏的社會危機之一。我以為差距產生並不僅僅是因城市的富與農村的窮，很大的原因更是來自於彼此之間同理心的缺乏。相較於香港台北主動發起募款賑災活動，北京、上海幾個一級城市對於其他省分發生大規模自然災害的反應往往偏向冷漠。反倒是南亞大海嘯發生，幾個中國大城市便驕傲地捐出巨款，以示新中國的實力，表達國際參與感。而在中國境內，農村的窮，農村的苦，農村的落後，對城裡人來說不是幾近文學性的鄉愁，就是用來當黨中央的宣傳樣板。總之是在自己生活圈之外的一種遙遠存在。

諷刺的是，這種邏輯卻恰好符合費孝通在二十世紀初所描述的「差序格局」。他認為，不似典型的現代社會是以中性的法律與原則來處理複雜而流動的人際關係，也就是一種城市性格，中國當時社會的個人道德與社會倫理完全是以個體為中心，按照同心圓順序往外擴散。「差序格局」是一種鄉土性格，因農村社會自給自足，不需要依靠陌生人的服務便能完成生老病死的生命循環，所以強調的是家庭分工，注重的是私人關係，依循的是自家的道德標準。

在同心圓中心外的人事，就像我朋友說的「事不關己」。聽上去，現代中國城市人的想法竟與過去中國的鄉下人差不了多少。

城鄉差距是經濟問題，是社會問題，可以思考策略來解決；地域偏見卻是人性問題，反應整個社會的人格與想像力。同理心會讓一向自顧性命的人類偶爾也能跳脫自身處境，設身處地為身世不同的他人著想，互相幫助。在一個缺乏同理心的社會，人們會活得像只顧溫飽的低等生物，私德高於公德，自私成為唯一的美德；屆時，足球再怎麼踢好，經濟再怎麼跟國際接軌，主辦再多的國際活動，中國都無法擁有一個安全而健康的社會。

文化三味

北京長安大街邊上的三味書屋原來位於西單與復興門之間，而後遷移到民族飯店對面巷子。原來的舊平房拆了，搬遷之後的三味書店占據一間兩層樓建築，一樓賣書，二樓賣茶。二樓茶館依舊是北京智識圈流連聚集的據點，文人墨客來來去去，思想者與行動者聚首討論，中國第一個公開討論同性戀議題的論壇便在此舉行。樓下，雖稱做書店，書籍選項並不多，聚焦思想人文，每本都蘊藏了當代中國靈魂的吶喊，隨手翻閱幾本書，不同作家聲音隨即從書籍內頁嘩啦嘩啦流洩出來，滔滔雄辯，高誦低吟，情感激昂，如巨浪拍打書店天花板，回音一再迴盪，既意圖呼喚中國的未來，也不忘回首歷史。

中國開放其實已經三十年。北京當一國首善之都的漫長歲月裡，二〇〇八年北京奧運並不是最重要的年分。

歷史充滿曲折的細節，導致人們選擇性的遺忘。其實早在千禧年中奧成功之前，遠在一九八〇年，共產中國便已經開放了。只不過曾經中斷過一次，那就是官方忌談的一九八九年，老大哥蘇聯瓦解，整個東歐共產陣營全部倒戈奔向資本主義的狂熱年頭，全球氣氛既有一股自由奔放的歷史沉醉感，也繃緊著政權改弦的政治張力。柏林圍牆敲掉第一塊磚之後，冷戰正式結束，全球化運動便踏著二十世紀所有人類社會實驗的殘垣斷壁，一無反顧地橫行，征服大半個地球。

當大地驚蟄，無論好壞，一同甦醒。有光明，就會有黑暗。

八九年一月冬夜裡，三味書屋舉行自由沙龍，學者文人齊聚一堂，力主開放富裕之後的「新」中國最需要的是民主人權，原本應該跟隨黑夜結束而消失在清晨微光中的熾熱理想，未因日照逐漸強烈而曬乾，反倒加劇燃燒，速如星星之火擴散燎城。北京動了，全中國跟著動了。都說中國歷史太長，宛如生命虛無的耄耋老人，對人世不再感動，只剩下冷淡譏誚的不屑和玩權求生的狡詐，八九那年，就在新中國的心臟，天安門廣場上，世界再一次見證了這個古老國家奮發革新、改造自我的堅強意志及青春活力。

火炬瞬間一閃，光亮奪目如旭日，卻隨即熄滅，黑夜重新降臨這個百年來不斷改革卻始終力不從心的文明古國。常在書店演講的教授避居美國領事館，而後離開了中國，書屋的女兒也遠走天涯，留下老夫婦繼續留守書屋。時間長河依然靜靜淌流。

歷史暫時沉寂了，四處黝暗角落仍見一雙雙閃爍的眼睛，因希望而發光，怎麼也不願閉眼，想要在一片漆黑中努力辨識出自己國家的將來。

鄧小平南巡，中國再度開放。天又亮了，歷史轉了彎，進入二十一世紀，申奧成功，全國經濟拉起來，中國重返國際社會，儼然大國再起，卻不是依循三味書屋的那群知識分子以及廣場上的年輕學子所料想的政治改革軌道。

資本、鈔票、商品及消費力，而不是書本、理想、民主及人權自由，改變了中國。企業管理成為社會革新理論，彼得杜拉克是新一代知識之神，辦公室是新家庭，工作是新宗教。都市房地產經濟，而不是農村耕種經濟，驅動了富裕新時代，豪宅裝潢的煩惱取代了包產到戶的爭議；購物商城，而不是三味書屋，充實了中國人的精神文化；香奈兒時裝的香氣讓天安門事件失去了魅力，個人年度旅遊規劃與房屋貸款方案令國家計劃變得像一條過目即忘的新聞標題。

三味書屋冠了「自由民主搖籃」的名號，成了盛名遠播的旅遊勝地。新生代讀者跋涉前往，忙著拍照，卻不買書，因為這年頭，買書靠網購。上書店其實為了喝茶，就像台北連鎖書店多角化經營，人們去那裡約會吃飯、挑紅酒、買設計師袋子，尋找下一個情人，買書只是順道。三味書屋二樓不舉行講座時一片靜謐，屋樑垂吊鳥籠，牆面懸掛字畫，屋角盆栽綠樹，透窗而入的午後陽光勾出一幅慵懶的老北京風光。不去星巴克喝一杯香濃時尚感的熱咖啡時，人們來這裡泡茶享受懷舊情調。

沒想到「革命」竟這麼悄悄發生了。八九年後，中國人放下了大論述，轉向自我探索，經營私人空間，緊接著大片城市化，消費主義抬頭，中產意識萌生，社會仍舊苦悶不安，焦躁的原因卻不同了，關心的意義也轉向了。曾經思想是唯一的武器，幫助所有人抵抗世界的沉淪。世界一旦物質幸福了，所有人暫時不急著救中國了。

傳媒發達，商業蓬勃，流行嬗變，名流輩出，比起身載沉重良心因之艱步難行的「知識分子」，這個社會更需身姿綽約、舞步輕盈的「知道分子」，教導大家如何使用知識為生活擦脂抹粉，而不是拿來搞社會運動，思想辯證不再為了解釋眼前的事物，而是用來炫耀己身的聰明才智，人權固然重要，但汗流浹背爭民主這件事已經退了流行，大家應該多關注中國的璀璨盛世。知道分子一樣博學多聞，思想敏捷，常有犀利洞見，能隨時隨地口吐金句論劍，還擁有一點英姿美貌。知識分子教你質疑世界，迎戰世界，衣帶漸寬終不悔，即便強權當前也不輕言放棄；知道分子教你嘲笑世界，與世界周旋，把世界當做傻子耍，隨興放把火燒個精光未嘗不可，但切記自保全身而退。

知道分子並不邪惡，他們只是新時代的產物。知道分子的出現，瓦解了知識作為一種權力的壟斷性。思想者獨家管理知識的象牙塔年代已然結束。新時代裡，知識易取，資訊氾濫，不需要通行證，人人自行解構萬象。以前知識分子自許暗巷底的那束微光，照亮世界的方向；知道分子卻認知這個世界到處都是生鮮市場和私人廚房，他只想當個名廚，激發人們對美食的靈感，光顧他的餐廳，購買他的商品，傳頌他的響亮名號，讓他買棟靠海邊的豪宅，有輛夢想已久的跑車，不時帶妻兒去趟豪華旅遊。

知道分子知道三味書屋，但，他們已經不需要三味書屋的空間，因為外頭有更大的舞台以及更多的名利在等著他們。

北京，改變了；知識分子的角色也被迫調整，這次他們必須面對的不僅是思想箝制與政治打壓，更有如虎猛撲的市場力量。整片後海鎮夜彩霓爍燈，舊日兵工廠改裝高級畫廊，報章雜誌用昂貴紙張印著名人八卦與時裝照片，雕塑似的高樓大廈拔地矗立，坊間流行居家設計雜誌與夾帶大量插圖的旅遊書籍。政治仍是禁忌，網路控管從沒鬆懈，公民運動依然缺乏空間，大部分人卻開始覺得存錢貸款買一套房，遠比上街遊行爭自由來得重要。賺錢花錢，比社會改革更迫在眉睫。

吃飯最大，所以能夠吃飯，就是人權。中國人最自豪的「吃飯主義」戰勝了不能吃飯的「理想主義」，這也不是史上頭一遭。知識分子抑或是知道分子，最終，都得吃飯。中國人就愛得意洋洋地這麼下句點。

北京為了辦奧運，全城狂吹拆遷風，差點再度把三味書屋吹走，跟著其他胡同的殘屍碎片一同湮沒。然而，就像許多把老北京風骨，這間書屋畢竟又一次挺住了時代的浪潮，繼續在胡同深處點上一盞小燈。

無論身在怎樣的一個年代，夜深時分，萬籟寂滅，曉得前頭有道光亮在等著自己，總令頂著夜風逆旅之人心生安適，不懼未知，繼續勇行。

複音第五——台灣教會我的事

言論自由不過是另一個故事版本？

言論自由，這個字眼究竟能讓一個人的言論走多遠，值得探究。

天安門事件二十周年時，香港大學學生會長陳一諤在校內六四論壇發言，挑戰坊間普遍採信的八九學運版本，質疑坦克碾壓示威者照片的真實性，認為照片死者無法證明是軍人或平民，且坦克既然碾過，怎麼人還有人樣、自行車仍是自行車樣，並說學生若及時自行散去，鎮壓就能避免，實在是「學生領袖不理性」。他的言論宛如台灣范蘭欽事件，只求爽快發言，自鳴高人一等，結果過度刺激社會共識，引起譁然公憤。陳生堅持不道歉，認為他的發言屬於他的「言論自由」。他可能不知道當年與他同齡的大學生在廣場上聚集發言時，也天真地盲信自己不過在使用所謂的「言論自由」。

在台灣，由於政治角力不斷，多元文化始終簡化成外省本省二元單向拉鋸，台灣民眾親眼目睹所謂換黨執政，無關乎民眾福祉，而是歷史詮釋權的輪番交替，陳儀從忠黨愛國的軍人變成二二八歷史罪人再變忠黨愛國的軍人，蔣家又恢復偉大政治世家，而不是從國共戰爭潰逃過海的軍閥政權，連民主都是他們作為政治主子時慷慨「給」了人民。四九年，台灣說「淪陷」，「共匪赤化大陸」的悲慘年頭；對岸稱「解放」，「中國人民站起來」的光榮時刻。

一個故事，翻來覆去，端看說故事者如何使用他的「言論自由」。無風不起浪，先說先贏，而人總有種心態，以為事情多說三遍便成真。又說「三人成虎」，只要人多勢眾，自然能營造曾參殺人的印象。失敗者如拿破崙不免充滿嫉妒地諷刺，歷史是屬於那些勝利者，你勝者為王，隨便你愛怎麼說，反正我敗者為寇，走入歷史時注定沒有好下場。

封建時代只能有一部歷史，就是那個成功登基的皇帝下令寫的，其他人不閉嘴就等著砍頭。到了二十一世紀的網路社會，傳媒發達，科技進步，發言管道繁多，故事版本眼花撩亂，信與不信之間，進退反茫然。

我不過提供另一說法，你自己判斷。說的人如此信誓旦旦。事情真的會因為多了一個版本而真相大白？或，每種說法都是一顆別有居心的煙幕彈？

言論自由是人權的重要基石，除了表達自我思想，也包括了主動搜尋資訊、閱聽不同言論的權利。言論自由的主要目的，即為了保障其他自由，因為它確保受壓迫者有權利發聲，爭取自己想望的生活權益，使個體與個體在社會生活中所發生的撞擊降到單純的規範約束，跳脫了道德審判的絕對，個人得以自由選擇他願意遵循的信仰價值。

所以，宣稱人類不曾登陸月球、恐龍從來沒有發生，要登報啟事、部落格貼文，都是你個人的言論自由。只要願意甘冒遭誤認白痴或瘋子的風險，你總有權說出你自以為的真理。然而，英國學者大衛厄文因為主張史上不曾有猶太大屠殺，遭到奧國政府起訴，判決三年牢獄。厄文堅持希特勒並不知情，引起大量猶太人死亡的「真正」原因則是由於一種叫斑疹傷寒的傳染病。法、德、波等許多歐陸國家立法通過，否認猶太大浩劫乃是一種罪行，因此厄文公開散播他的不尋常歷史觀，冒犯了法律。而，對誓保言論自由的美國人來說，即便言論離譜，厄文的發言權仍應受法律保障。

是誰說過，要叫一個傻子暴露自己的愚蠢，就給他最大限度的言論自由。然而，一個擁有全部言論自由的社會亦應當細量自由的定義，因為自由從來是為了保障權利，而任何權利都免不了伴隨著一定義務。依佛洛姆的觀點，爭取自由乃是動物本能，願意接受自由的規範卻是人類演化脫離動物的證明，因為這意味了你也懂得尊重他人的自由。

社會總有空間能容下另一個故事版本，而真相往往像一道羅生門；關於自由的真理卻只有一個，那就是沒有人不嚮往自由。只有那些自身享有自由卻漠視他人自由的人才會選擇不理解這麼簡單的道理。

弱者的滅頂與強者的生還

猶太浩劫餘生者普利摩李維在跳樓自殺前寫的最後一本書中提到，許多事後諸葛最愛問從種族滅絕行動奇蹟生還的猶太人一個問題：你們為什麼不逃走？甚至，你們為何不反抗？

既然知道德軍要來了，幹嘛還死守家園不走？當德國人對你們使用不人道待遇，為何不抵抗？一名熱心的小學生還認真規劃了集中營的逃跑路線，告訴李維他當初絕對有機會脫逃，只要他詳細計劃外加膽大心細。

受害者在此彷彿必須要替自己的苦難道歉。他的不幸，純粹因為他能力不足及性格缺憾。言下之意，如果他夠聰明（像我），如果他夠努力（如我），如果他夠勇敢（似我），一切災難就不會降臨他身上。

然而，李維冷靜指出，各處紀念碑不斷重複奴隸自行掙脫沉重鎖鏈的意象僅是一種修辭，其實枷鎖必由那些鎖鏈比較輕鬆的同伴們打破。對李維來說，除了文學與電影之外，所有革命從來不是由真實小人物所發起，而是由那些「懂得壓迫但不是親身經歷」的人所領導。自身雖過著特權生活，看出社會制度的不公後願意從他們的優渥環境走出來，是這樣的社會強者才有力氣改變這個世界，而不是早已遭制度壓得奄奄一息的真正弱者。

引述李維觀點的目的並不是為了把社會災難比作猶太大滅絕，而是思索為何我們社會的強者會時常在這類苦難場合缺席。

風災來臨，當弱者在滾滾洪水中掙扎求生時，他們照常上街剪髮，去飯店喝粥慶祝父親節，撒嬌自己忙到沒吃早餐真辛苦。面對輿論口水排山倒海而來，他們雖然鞠躬道歉卻帶著自我犧牲的委屈表情，猶如聖徒上十字架，渾身飄散一股明知世人無知可笑但因他如此深沉大度所以選擇原諒的凜然正氣味。那不是真心遺憾的悔恨，而是自以為道德優秀的容忍。

一場惡水，沖毀了村落，沖走了生命，卻也沖出我們社會道德座標的嚴重問題。由我們教育體系所培養出來的菁英，嚴重缺乏同理心，因為社會與家庭向來只告訴他們把書讀好，其他不用管。除非會入考卷，不要讀雜書也不要關心時事。數學考一百分，你就是好學生，其餘管你多愛潛水、種花、熱愛動物還是喜歡陪老人家聊天，只要不能寫上成績單變成學術成就，你的人生就算毫無建樹。

為何自我感覺良好，因為沒有理由不。他們從小奮發向學，考第一名，拿獎學金，長輩父母都誇讚他們是天底下最棒的孩子，不像隔壁小胖「不愛讀書，只懂打彈珠」。他們拿了該拿的文憑，考了該考的執照，做了該做的工作，他們都沒做錯。事實上，他們做得太好，今天才爬到這般地位。

只培養讀書機器的教育制度最後只能得到一群優秀的機器人。我們的社會獎賞了這群「佼佼者」，賜予金錢、權力與地位，他們當然認為自己一定做對了才值得如此社會報酬。也難怪他們常常流於好辯爭強，自我防衛心重，難以接受自己立場不是唯一的社會選項，因為在我們的社會裡，知識只是證明自己有資格往上爬的梯子，而不是提供思索的地板。因此，「我是對的」變成「我必須是對的」，甚至「我當然是對的」，因為「我怎麼可能是錯的」。少了探索智性的驅動也缺乏聽取異議的好奇，只剩下捍衛自身優越的固執，難容異己，更不接受質疑。

民主制度讓智者沮喪，因為它賦予天才與白痴同等權力，把學者與屠夫的智慧相等起來，一個台大畢業、哈佛學位、當了總統的人還是得面對一個一無所有卻仍要替一間已經不見了的房子繳電費的民眾，靜靜聽訓。但，民主制度卻讓仁者安慰，因為它令強者必須來到弱者面前，傾聽他的需求。

當民主制度多少暫時強制平衡了強者與弱者的社會能量時，我們更應該問，目前教育體系裡還有多少個未來的菁英機器人等著上市；什麼時候，我們的強者才會不必親身經歷卻理解弱勢的處境，不用制度強迫也會主動打碎弱者身上的沉重枷鎖。

我們其實一點都不無辜

英國女星凱特溫絲蕾終究因為電影《為愛朗讀》而奪得奧斯卡金像獎最佳女主角，儘管猶太團體先前不斷呼籲她絕對不能憑此角色獲獎。女演員的精湛演技與她那宛如羅馬女神的美貌，在他們眼裡，美化了否認猶太大屠殺的立場。

根據德國退休法官徐林克原著小說所改編的這部英語電影裡，溫絲蕾飾演一名三十六歲德國電車查票員漢娜，與十五歲少年相戀。溫存之際，她總喜歡叫少年抽一段書本段落讀給她聽。消失十年之後，漢娜重新出現在而今就讀法律的青年面前，卻是以納粹戰犯身分出庭受審。恥於當庭承認她是文盲，漢娜選擇以主謀身分認罪。經過漫漫牢中歲月，老年已至，面對情人椎心質問，她也不真正悔罪。她最終對人生的絕望仍不是因為自己曾經做過的事情，卻是來自情人的荒蕪眼神。

片中，漢娜最雷霆萬鈞的一句台詞，就在她一臉疑惑，反問主審法官，不然，「你會怎麼做？」法官怔住，無言。彷如她問進了千萬人的心坎裡。

當幾百萬猶太人天天被有計劃送往死亡之途，德國軍官只關心運輸技術問題，力圖官僚效率，卻不問自己執行的內容如何駭人聽聞，就像漢娜在大火之時不願開門讓三百多名猶太囚犯逃生，以致他們全部活活燒死，卻堅持自己不過善盡獄卒職責。整塊大陸的歐洲人都知道發生了什麼事，但他們全都裝聾作啞。

換作是你，你會怎麼做。果然，人類的集體懦弱是邪惡的最佳友伴。

長期以來，德國納粹崛起一直被當作經典的反民主教材。希特勒得到權力的過程證明了即使是健全開放的民主制度，資訊通曉的人民也會共同選出一位集權領袖。

漢娜的不識字，其實是最有意思的角色特徵。絕大部分所謂的「普通人」面對自己與社會之間的關係，都會主動招認自己的渺小，體認社會機制的巨大與不可抗拒性，因此，很多時候，他們堅持自己只是服從一個社會規範，扮演一個不起眼的社會角色，他們沒辦法為自己行為負責，無法預見社會後果也當然無能擔責。

漢娜如此孤獨，如此美麗又如此務實，她的不識字不是缺點，而是她必惹同情的理由，迫害者反成了被害者，她的文盲竟是比猶太人屠殺更值得憐憫的社會缺憾，猶太團體怎會不為此邏輯而捉狂。我倒覺得，猶太製作人薛尼波拉克生前一定完全明白這個角色的象徵意義。正因為漢娜的平凡，她的卑微，她那正統老百姓的身分，才凸顯普通人完全有能力犯下滔天罪行卻不自知的這項事實。溫柔的情婦、正直的女車掌與冷酷的獄卒，其實是同一個善良老百姓。

令人髮指的是政客鼓吹極端主張；更令人髮指的是整個社會的自願性追隨，無一人挺身質疑。愛爾蘭政治學者柏克的名句，「邪惡勝利的唯一要件即是好人什麼也不做」。更進一步的實情，所謂的「好人」往往參與了過程，卻自認無辜。

事實上，人們總是得到他們應得的社會。極權政府固然可惡，但，若沒有一個既得利益的社會階級（團體）撐腰，像是緬甸軍政府，幫助當權者壓迫其他人民，政權很難維持無虞。民主國家的公民更沒有藉口，政府是你選的，議員是你挑的，總統是你一票一票投出來的。

事情發生的時候，我們大家其實都在場。哪個政黨上台時，其他政黨在台下也沒缺席。故事版本卻常常是某人（及他的一小撮黨羽）隻手搞垮了社會，「我們」其餘人不過都是「被騙了」。

一個人，真的有這麼偉大嗎？

就像德國並不屬於希特勒一人，而是屬於許許多多個自認忠守崗位的無名漢娜，中國文化大革命也不僅屬於四人幫，而屬於許許多多個自以為熱血衝鋒的紅衛兵，還有其他千千萬萬的「我們」。我們其實都跟那些「罪人」活在同一個時空裡。這個社會不是誰的，而是你我的。除非我們決定束手旁觀。

歷史洪流裡，我們一點都不無辜。

「我」的身體

奧斯卡金像獎導演李安拍了一齣有床戲的電影《色戒》，終於給大眾一個藉口大方談情慾。說來說去，王佳芝的身體居然成了一本搶救國族歷史的枕邊書。

無巧不巧，張愛玲的原著小說與日本導演大島渚的電影《感官世界》均藉由刻畫私人情慾去烘托整個時代背景，社會如何轉化為一部巨大無情的軍國機器，徵收了每個人的身體，以集體之名踐踏個體的自由。在一幕場景裡，幾天足不出戶、只顧耽溺色慾的男主角從旅館出來，步行上街，一隊軍人正好與他錯身而過。軍隊踏著整齊劃一的步伐，背著閃亮發光的刀槍，如同一塊光亮堅硬的鋼鐵向前行進，而他隨便套了件浴衣，滿頰鬍渣，像個既瘦弱又蒼白的遊魂，獨自一人，反其道而行。

那一刻，性，與其說是私密的愉悅，罪惡的貪歡，不能自拔的痴迷，不如說是個人用來與世界劃清界線的最後武器。擁有性，就是擁有自己的身體。沉迷於性，其實是沉迷於自己。我控制不了外面的世界，我只能控制我的身體。

性本身並不驚世駭俗，說穿了，不過是男歡女愛的形式之一；真正驚世駭俗的，其實是個體想要脫離群體操控、特立獨行的慾望——無論這個群體是以國家、社會、黨派還是族群的面目出現，而他們在你耳邊呢喃的理想使命聽起來有多麼動聽。

當國家社會要控制一個人時，就先控制他的身體，像是以前台灣社會讓孩子剪標準髮型、某些回教社會把婦女從頭到腳包裹起來等，台灣戒嚴時期的統治者蔣中正曾有句名言，為求內心的一致，先求外表的統一。國家社會渴望把個人身體當作資產使用，將這些身體送上生產線及戰爭前線，拿來當自殺炸彈、色誘敵人，甚至，如在北韓，用於歌舞線上，彩排十萬人的《阿里郎》。

當社會要擊垮一個人時，也是先從他的身體開始。所有極權社會發生的莫名逮捕、酷刑拷打、長期監禁，種種肉體折磨，都是為了潰人心志，讓他知道他的身體不屬於他自己。他是國家的財產，社會的工具，組織的奴隸。以往，在大陸，連嫁娶都需要經過黨的同意，代表了社會對個人進行了滴水不漏的身體控制。

當社會自由開放，政府管控個人的權力縮小，對性的態度自然會鬆綁。你要如何使用你的身體，是你家的事情。管你是同性戀、異性戀，老少配還是跨國配，只要兩情相悅，都與他人無關。

但是，社會對性的監控並沒有減少興致，群體的眼睛轉化為媒體的鏡頭，像一盞照明燈，虎視眈眈，四處巡邏，尋找藏在社會暗處的每一段私情，啪地打亮，將其曝光。公眾以知的權利為名，貪婪地追蹤每一具身體，他們要知道法國總統為何與他的太太離婚，黛安娜王妃死前是否已經懷孕，劉嘉玲究竟跟郭台銘什麼關係，梁朝偉跟湯唯有否假戲真做。

藉由媒體堂而皇之的窺視，公眾得以繼續監控。你的身體，仍舊不是你的，因為關乎「我們的」道德、「我們的」風俗，我們有權過問你的性生活，因為，我們要擁有你的身體，所以，我們的慾望才能成為你的唯一慾望。

性，之所以複雜，因為它從來不僅僅是一個簡單的動作。在歡愉的當下，時空凍結，靈魂的所有窗子都會暫時關上，一個人是絕對地自溺，堅決地遺世；而正是如此赤裸裸的斥世態度，才是性真正令人惱怒的原因。

我們生活其中的所謂的社會，怎麼可能容許一個卑微的人類就這麼輕易地將其遺忘。

誰動了我們的社會記憶？

愛也好，恨也好，「陳水扁」這三個字對台灣來說不只是一任總統名字而已。他的存在，深深糾結於台灣人的社會記憶裡。

當說台灣國語的民選陳水扁取代了說浙江國語的軍人蔣中正站在十月慶典接受閱兵那一刻，就像黑皮膚的歐巴馬去華盛頓宣誓，除了民主，台灣還多跨過了一道門檻。那枚意象已是一場社會儀式，暗示了多層潛而未顯的文化次意義，且的確馬上顯現於扁政府的諸多政策，如台灣主體的本土歷史觀取代蔣式政權的流亡歷史觀、南北資源重整、本省鄉土與外省眷村的書寫勢力消長等。

社會儀式塑造社會記憶，社會記憶塑造社會身分。

扁執政時，對蔣氏政權遷台後苦心經營的舊社會記憶開戰，強勢更改社會圖騰，扳轉社會記憶，中正紀念堂大門匾額「大中至正」改成「民主廣場」，「中華郵政」改成「台灣郵政」，「中正國際機場」改成「桃園國際機場」，台北新公園變成二二八紀念公園，引起諸界不安，族群失和，國際緊張。

當他沉淪，又撼動了新的社會記憶。這份新記憶裡，台灣擁有亞洲少見的民主制度，高倡人權，尤其熱愛本土。陳家的貪汙崩毀了台灣人的民主信心，隨之，對扁政府大力鼓吹的那部分文化記憶也感到疑懼。其實，與其說本土自覺是扁政府為台灣社會注入的文化性格，還不如說台灣先有了本土自覺，才選他上台。至於他的墮落，應回歸官員個人操守的討論。

然而，從陳水扁一家子貪汙起訴之後，透過媒體名嘴與判決書文字激情演出，說是為了伸張社會正義，整個過程更像在「表演」伸張社會正義，除了彰顯總統犯罪與庶民同罪以滿足民粹慾，多少代表了台灣正掙扎於陳水扁這個人所增添或減去的社會記憶，透過這場公開演出的社會儀式，重新洗牌社會身分認同。伴隨而來的是關於掛回「大中至正」匾牌、景美人權園區變成文化園區的爭議，坊間大量再現國民黨政權流亡史觀的書籍，隱隱要將台灣心靈再度軟體更新。

即使台灣一廂情願想以「失敗者的女兒」身分去銜接中國歷史，這種「寶島一村」式的懷舊情緒對當今中國的社會現實恐怕並不具太大意義，然而，懷舊風卻時時吹得時機微妙。蔣政府懷舊，扁政府懷舊，馬政府也懷舊，雖然懷舊的內容與對象很不相同，情調手法卻大同小異，政治主觀果真影響社會風氣，繼而細調台灣社會記憶體，灌入他們認為「正確」的歷史、故事、真相，或所謂的「記憶」。

記憶，是社會維繫的根本。我們之所以為同一族群，因為我們分享同一記憶，形成同一價值，對事物同一判斷，氣質於是一致，情感因此相親，這是為何社會記憶如此重要，這也是為何這麼多人都想將手伸入台灣社會記憶。

現今網路時代，誰還有能力控制所有人的記憶，然而，如同美國學者保羅康納頓所闡述，社會記憶牽涉了世系傳承與依賴機構有系統流傳下去的權力，從十九世紀民族國家概念出現，社會記憶的戰爭就從來沒有停止。

記憶，也包括遺忘。社會如何記憶又如何遺忘，均有講究。台灣解嚴之後，一場儀式取代一場儀式，一套記憶取代一套記憶，一遍又一遍，當共同記憶不斷遭到撕裂，台灣人身心也跟著不斷撕裂。我們一再被告知我們的社會記憶必須開機重來，一次次，反反覆覆，再好的硬體也禁不起這般折磨，終有一日，我們的歷史感將完全當機，失去方向，缺乏道德參考座標，全部人將被迫活得無情且現實，社會決策將短視而功利，所以我們的橋會斷，山會崩，路會垮，捷運會停擺。

歷史感應該放在未來，而不是過去。讓當下的行動變成未來的歷史，而不是藉由解釋過往來創造歷史。無論將來島嶼的命運如何曲折變化，所有孩子都要長大。當社會失去興趣去用心耕耘一個五歲孩童的未來，只關注死人跟老人的歷史地位與下一季的政黨選票，所謂的社會記憶究竟要來何用？

台灣教會我的事

尚未走訪首爾市三星美術館的台灣人，該撥空走一趟。

韓國三星企業大手筆斥資，美術館位居精華地段，三位聲譽卓越的國際建築師設計出三塊風格迥異的館區，收藏了韓國文物以及名家藝術品，附設一座設備完善的兒童文教館。

令人印象深刻的是這座美術館全部細節所展現出來的野心。比起紐約的古根漢美術館或東京的橋石美術館，三星美術館只是剛起步，但，它的一磚一石，一窗一門，每件收藏，每套設計，全是一絲不苟的投資，凜然昭告世人，我在這裡；我出現，只為了留下。

韓國企業願意為他們社會做這件事情，留給後代一座足以傲視世界的美術館。這，讓台灣孩子的我感到極大撼動。

即使北緯三十八度線仍然未解，三星企業打定主意要讓三星美術館在地表上屹立，因為他們期待三星企業將會跟著他們扎根的社會一道永續經營。他們要建設與參與的，不僅是企業的未來與歷史，更是南韓的未來與歷史。

誰該參與台灣的未來，這其實是此刻最嚴峻的歷史沉思。隨著中國因素逐漸加深，在一個崇尚自由市場的全球化時代，你如何說服企業不追逐最大商機，如何要求個體不跟隨他的職業發展，尤其，如何期待政客不嚮往他的政治利益與歷史光環。

國民黨高官去了大陸，怎能不如魚得水，因為那也是他們的歷史，南京躺滿了他們的革命先烈，處處都是紀念碑石。台灣名嘴藝人對北京政權示好，為個人爭取更大市場；去了對岸投資的商人在選舉時拿經濟表態政治；使用中文的台灣作家又怎能不暗許自己是魯迅再世或是張愛玲的傳人，畢竟，現在你我正在溝通的文字就是中文，如果你不銜接那份文學傳統，難道你要接到巴黎的福婁拜？

由於這個世上，大部分所謂的「歷史」都是跟著政治中心走，因此，凡是想要走入「歷史」的台灣人與台灣企業，在龐大的市場誘因與強硬的政治現實之下，都禁不住想一下，究竟自己該建設哪一個社會，留給哪一群子孫，走入哪一份歷史。

而，誰能抵抗誘惑不走向一份規模看似更恢弘的大歷史呢？

一出生，就不曾享受許多正常國家國民視為當然的身分依靠，台灣的孩子不必刻意也會自然覺悟，所謂的「歷史」總免不了人為建構的嫌疑與政治操弄的痕跡。台灣不是以色列，不是巴勒斯坦，也不是回教狂熱分子，就算要搞自殺炸彈，理由都顯得那麼勉強。因為兩岸關係與國際現實，我們總是對自己身分感到吞吞吐吐。就算確定「我」是個什麼，把「我」放進大中國還是大世界的歷史框架下，我也依然注定是不太重要的個體。

我們什麼都不是，只是一個人。「我」的生存，就這麼赤裸裸地對等於一個卑微人類的生存。台灣孩子是如此被迫看穿群體國族的保護，回歸到人的本質。我今天之所以有權利活著，不是因為我隸屬於一個強悍的國族，僅僅因為我是個「人」而已。

台灣教會我的事，就是人權。台灣以其全部存在展示出一種永恆的邊緣宿命，而這份邊緣宿命便是每一個人類的命運。如同島嶼永遠站在世界的邊緣，個體，也永遠處於集體的邊緣。然而，在地球母親懷裡，島嶼與大陸享有同等的生存權利；原野上，草蜢也與獅子一樣平等地活著。所謂的人權，不過就是回歸大自然賦予所有生命的基本生存權利。只有貪婪扭曲的人類強權才會忽略這麼簡單的事實。

如果真有歷史這檔子事，注定邊緣的台灣在歷史浪花中所閃耀的核心價值即是人權。參與台灣的未來，將不僅是投資一塊島，而是建設一個自由社會，鞏固一份普世價值，維護一個人道制度，在這個不管你因個人政治觀點而喊作「中華民國」、「中國台灣」、「中華台北」、「台灣共和國」的社群生活裡，民主並不是目的，而是一種手段，讓最邊緣的弱者也能得到生存的尊嚴。

有些投資並不全然為了報酬率而做，韓國的三星美術館展露了這點，因為有些人類價值猶如天上星辰那般古老，那般天經地義，無須辯證便純然光亮。這就是我生為台灣人所學到的硬道理。

尾聲——人類和他的神祇

據說，海嘯發生之前，大部分動物已經本能地測知並紛紛逃走。當三十呎高的海浪捲到岸邊，許多人從沒見過這麼雄偉華麗的浪濤，竟好奇地奔向沙灘觀賞。我們的斯里蘭卡司機說，災難發生時，人類只是讓情況更加惡化。

二〇〇四年十二月二十六號早晨，我們計劃搭乘火車前往斯里蘭卡南方的海邊城鎮高樂（Galle）。這列火車天天七點從首都哥倫坡出發，緊貼著蔚藍海岸線奔馳，每每到了漲潮時分，慵懶的海水爬過海岸線，淹漫火車急馳的軌道，整列火車就像在水面上行駛。在旅客的渡假心緒裡簡直浪漫不過。臨時發懶，我們決定改租車子走公路。一念之間。那列火車後來被海浪捲出了軌道，於海水中翻覆，火車上近千名乘客無一生還。

十點多，快到高樂，一波波人潮如同戰爭難民般驚惶失措朝我們的方向湧來。我們仍繼續往前。直到一名員警攔下我們，因為前方的橋樑已斷。車輛，人群，亂成一團。沒有人曉得自己該往哪裡走。只知道要逃。

汽車只得離開海邊，開始沿著山路蜿蜒爬升。電話通訊全斷，交通工具短缺，世界又回到了網路還沒有被發明出來的年代，徒步的人們攜家帶眷，身無細軟，滿臉倉皇，如同夏日搬運食物的螞蟻緊密地連成長串蠕動，狼狽地尋找新的海岸線。舊的海岸線隨著他們匆忙拋至身後的家早已了無蹤跡。當時，還沒有人知道這是七百年才發生一次的大海嘯，也不知道海嘯囂張地吞噬了印度洋的所有海岸線，在短短時間內席捲了至少二十萬人的性命，失蹤人口最終竟是無從統計。海嘯從印尼地震的震央出發，一路乘風破浪，航經泰國、斯里蘭卡、印度、馬爾地夫，直到東非海岸另一塊洲陸擋住它的去路。

即使在那麼戲劇化的龐大時空裡，幾十萬人的性命全部黏在一起，一個個體其實還只是困在他小小的生存意識裡。身處於當時情境，人並不明白發生了什麼事。你甚至不清楚自己還活著是那麼千鈞一髮的幸運。一個不足外人道的愚蠢決定，秒鐘內發生的一丁雜念，向左走向右走的莫名衝動，早一點晚一點的分秒差距，決定一個人是否還能喝到隔日早餐桌上的咖啡。

生命的去留，真正沒有一點道理。

這些思考，都是事後才會隨著旭日的光線一點點慢慢顯現。當下，卑微的人類渾然不覺自己正與死神擦身而過。

隨著海拔的陡升，山的另一邊，便是著名的「泰米爾之虎」轄區。斯里蘭卡的移民來自鄰近的印度大陸，其中，僧伽羅人來自印度的西部，信奉佛教，操僧伽羅語，成為島嶼最早的統治者和最大族群。弱勢族群泰米爾人使用泰米爾語，來自印度東南的泰米爾省，信奉印度教。一九九一年，泰米爾之虎為了爭取獨立，遠度重洋，刺殺了當時的印度總理拉吉夫甘地；兩年後，在可倫坡街上的國慶遊行裡，斯里蘭卡總統普雷馬達薩（Ranasinghe Premadasa）再死於泰米爾之虎的自殺炸彈。雖然「泰米爾之虎」決定與現在政府和解，進入國會運作，但二〇〇四年他們不滿意他們獲得的國會席位配額，維持不過兩年的和平馬上危危欲墜。海嘯發生後，過了好幾天，外界才能進入泰米爾之虎控制的地區幫助搶救。可倫坡市主導的斯里蘭卡電視台不斷呼籲人們暫時放棄歧見，儘量以自己的語言向自己信奉的神祇禱告，攜手過渡海嘯的悲痛。這些看似理所當然的感情召喚，卻引來對政治企圖的懷疑。究竟是可惡的政府在藉機大做政治宣傳，或泰米爾之虎的狹隘心態讓他們不願顧全大局，在經歷葡萄牙人、荷蘭人和英國人之後，面積不過六萬五千平方公里的斯里蘭卡總之仍分裂地躺在印度洋上。

晚間，在電視畫面上找不到我們原本要投宿的旅館。高樂，類似台灣淡水紅毛城的歷史古城，連著其他海邊城市一齊捲入海洋。孩童屍骸，殘破屋樑，翻轉車輛，混著樹木、家具、電視機、佛像，默默無語地曝曬於隔日依舊起早的豔陽下，很快發臭，腐敗，不復昨日的光鮮嬌嫩。

同時，蓊鬱嫻靜的山區裡，雲霧像條輕靈的白龍彎曲著身軀，靜靜棲息於布滿茶園的墨綠山脈腰內，樸拙的民舍窩藏在白龍的腹部之下。當白龍輕輕呼吸，溼潤的空氣隨即撲面而來。藍色天空不是散發咄咄逼人的亮澤而是質地溫柔的光蘊。錫蘭的古老茶園一如往常。海邊的騷動似乎發生在另一個世界，與這塊島嶼毫無關係。手裡捧著湯色純淨的紅茶，嘴裡嚼著溫熱的英式三明治，身邊環繞著乾淨茂密的茶樹，劫數也好，天譴也好，屍臭也好，都只是發生在電視畫面裡。人與自然似乎又回到了一個平衡點。

但，即使是周圍的沉默茶樹也不是天然的產物。他們不是上帝親手栽種的。那是人類殖民歷史的痕跡。一七九六年英國人來了之後，他們對島嶼的慾望改變了她的自然風景。沿海丘陵地，他們種植肉桂和椰子，後來由橡膠樹取代；中央山地留給了咖啡和茶葉。為了運輸這些農產品，英國人在全島各地架設鐵路、開設公路，隨著交通發達，城鎮矗起，貿易興盛，商品種類與數量日益繁多。或許歷史會見證，這個曾經在不同時期被不同殖民者喊過不同名字的島嶼就在此時進入了現代。因為，現代的象徵即是工業革命，由鐵路造成流動，由機器造成量產。

一場世紀海嘯，幾百年來精心打造的現代世界在幾分鐘內摧毀。現代，終究只是人類對自身生活環境一場徒勞無功的戰鬥？

災難，在人類歷史上，並不新鮮。然，每當災難發生，人類便不由自主追問為什麼會發生，而「我」又該怎麼辦。一七五五年，里斯本發生大地震，幾千人喪命，全歐洲震撼，他們問，若上帝真的慈悲，祂所創造的世界果真美好，祂怎麼會讓這麼可怕的事情發生在祂的子民身上。當時一名沒沒無聞的德國年輕人叫康德，有感而發，連續寫了三篇論文。在法國，伏爾泰與盧梭打起筆戰；年僅六歲的歌德頭一次感受懷疑與意識的存在。一場地震，震碎了當時歐洲的文明立基，引發了啟蒙運動。啟蒙運動代表了人類願意自己負起思考責任的勇氣，和形塑自我生命型態的強烈意願。十八世紀的歐洲啟蒙運動被視為現代社會的開端。之後的人類社會不斷向前推進，發現、理解並進而控制我們的生存環境。我們以為我們沒有了神。只有自己。我們自顧自地創造了蒸汽機、摩天大樓、汽車、太空梭、電腦、冷氣機、手提電話。我們住在離地八十公尺高的雕塑建築裡，喝著遠方河流經過處理的水，坐在鋼鐵打造的交通工具裡一日跑萬里，睡在人造纖維床墊上，吞咽化學調配的高維他命丸，穿上機器縫製出來百萬件製品的其中一件。機械幫助我們超越了人類極限，滿足我們日趨精密的生活機能。

第五世紀時，剛剛弒父篡位的斯里蘭卡國王在森林裡發現了一塊平地突起的巨岩。方方整整，碩大高偉，經過人工切割似的的岩塊有著居高臨下的天然優勢，像顆上帝的骰子，被丟在印度洋上這塊島嶼的中央。害怕因自己滔天罪行而遭受報復的國王喜出望外，立刻叫人在岩頂建立豪華宮殿。岩頂寸草不生，於是他們沿著岩壁鑿出連串小洞當作台階，繩索從頂拋下用來運輸物資，宮廷裡的食物飲水都用人工方式運送上來。在這麼精巧設計的生活機制下，國王才終於稍微覺得自己的性命受到保護。每天，他站在他的寢宮，他的領地清清楚楚像幅地圖攤平在他的腳下，誰在耕田，誰在打漁，誰在趕牛，誰在耕織，他盡收眼底。誰想要叛變，誰在收兵買馬，誰意圖攻打宮廷，老遠，他就能見到他們黃塵滾滾的身影，及早準備等著叛兵自投羅網。

人類為了生存的周密思慮，終究抵不住歷史的荒涼。如今的斯基里亞獅子岩（Sigiriya）只剩下光禿禿的陡峭岩壁，依然從蒼綠林木中孤絕地探出頭來，傲然藐視這塊島嶼。岩頂的王宮遺下了逐漸沒入土壤的房屋地基和因此滋養茁壯的幾株矮樹，供後人想像當年旖旎的宮廷風光，那些綺麗的雕梁、講究的家私、奢華的刺繡、美麗的飲食、細緻的衣飾，不過換來頭頂烏鴉幾聲冷笑。

即使如此荒蕪，山頂下，一池接著一池的翠綠塘水既是美麗的花園景致又具實際的蓄水功能，在夕照之際還是熠熠閃著人類文明的光輝。人類，畢竟是靈巧的生物。我們依靠自然，同時，馴服自然；有時候，像這位斯里蘭卡國王，我們自以為創造了自然。

對一個人類來說，所謂自然，不僅僅是生長在他周圍環境的花草樹木、飛禽走獸及氣溫天候，還包括他所熟悉的人工環境。他從小一遍又一遍走過的街道，他每天都要喝上一杯的家常飲料，他經常聽見、有時也從他嘴裡吐出的老生常談，他必須不斷重複才能得到社會長輩贊同的儀式習俗，他觀察習來的文化觀念與社會制度，這一切一切存在於他生活環境裡的點點滴滴，對他來說，都是自然。透過創造自然，不自然的自然逐漸成為一種最自然不過的自然。我們以為我們算計了災難，便掌握了自己的生存。我們以為，從此，我們都能夠如同一位生活於岩頂宮殿的國王般遠離煩憂，長命百歲。

自然卻詭譎無常。一場地震、海嘯或戰爭輕而易舉地便改變了人的自然。他從此被迫去面對一個全新的自然，一個對他而言一點也不自然的自然。

現代化不僅僅是一場工業革命，更重要的其實是里斯本大地震後的那場啟蒙運動。面對這些時時改變的自然，想要延續生命的人類必須要學習無論如何都要繼續存活下去。人類拋開了上帝，並不是拋開了對自然或對自己理解能力之外的事物的敬畏，而是拋開了對自然情境的深信不疑。開始，他對他的生存自然感到存疑。現代人失去的信仰與其說是對抽象上帝的忠誠，不如說是對自我生存整件事的把握。他終於領悟萬事萬物皆可瞬間改變，不需時間的累積，不用歷史的沉澱，也不必靈性的虔誠。他的生命必須牢牢倚靠的各種條件，並不是那麼天經地義。一切自然皆可推翻，也皆可建設。當時鐘停止的那一刻，故事能夠重塑，身分可以拼貼，回憶容易遺忘，觀點總在更動；他學會，生存本身就不是一件非常理直氣壯的事情。你只有現在。

於是，他活在一個失去歷史重心的時空裡。未來還沒有發生，過去已經不存在。就算是當下，也充滿了不確定性。他的經驗無法累積，因為環境隨時在改變，他也期待它會不斷改變，「當你想理解一個事物時，你站到它面前，孤立無援。世界的全部過去都將毫無用處。後來事物消失，你的理解也隨之消失。」沙特寫道。

這種信仰的空虛往往令人驚慌。現代人認識了懷疑精神，卻未必有能力面對這種近似無限黑洞的精神狀態。如同諾貝爾文學獎得主波蘭詩人契斯洛．米沃什（Czeslaw Milosz）在他的名著《囚禁的心靈》談到大戰結束後，社會身分鬆動，百廢待舉，萬物等待新的定義，東歐社會於是面臨嚴重的信仰破產，「我們很容易就來到一個社會階段，缺乏一套共通的社會思想能夠有效地結合砍乾草的農夫、演算邏輯的學生及在汽車工廠工作的技師。」經過激烈絕望的殘酷戰爭，為了避免直接面對這團混亂，怒氣往往成為自我保護的手段。現代人充滿了憤怒。他最氣憤被欺瞞，因為他其實相信任何事物的真相都只跟個人的主觀認知有關。對他而言，這個世界不再關於挖掘真相，而是關於操縱真相。他不願意受限於自己的純真無知。「既然這個世界如此殘酷，一個人就必須將一切都減低到最簡單及最殘酷的元素。」

缺乏了天真的保護，現代人於是就像早熟狡猾的街童，過早見識世界的殘忍，為了在危險街頭存活下來，養成一副吊兒郎當的神情，並隨時都準備對世界嗤之以鼻，以求隨時能抽身而退。

憤世嫉俗的哲學或許使現代人逃開了失望的命運，卻引領他到另一個更可怕的危機，即讓他成為一個狂熱分子。既然世界不可靠，至少他可以形塑一套堅忍不拔的個人哲學做為他航行世界的羅盤。狂熱的激情如同強烈太陽直接照亮他整個世界，一切疑慮的陰影立刻無所遁隱，事物少了需要思辯的層次，使一個人的生命頓時有了重心，射箭有了目標，從此夜晚睡覺無須輾轉反側去思考世界的出路。但，狂熱是種危險的情緒。當他只相信最直接、最直白、最赤裸的道理，並將之變成他萬年不變的準則，他就再也聽不進一句異教徒的語言，不能容忍他們在他周圍活動的氣味，完全排拒端詳他們的臉孔。他只相信他相信的，並且以全部的理性極力去支撐他的唯一真理，讓整件事情變得毫無推敲的餘地。

所以，你問，為什麼那麼小的一塊島嶼，孤獨地漂浮在印度洋上，斯里蘭卡人還能互相仇視廝殺，弄得自己一點生活的空間都沒有？

走在斯里蘭卡街上，島民善良淳厚，對外來人親切而好禮，熱情又慷慨。他們臉上總掛著羞怯的神情，穿著樸素整潔，手腳輕慢，脊樑挺直，在異鄉人走過去的那一刻，潔白唇齒忽然如百合花朵在他們黝黑的臉上綻開，眼睛炯炯有神地對你微笑，下一秒鐘，你已身在他們家客廳裡。他們簡直是天堂的孩子。你會這麼想。但是，當他們感覺威脅，拿起他們宗教式的純粹激情，他們眼中的最後一絲博愛也會消失。

身為台灣人，我太清楚這種純潔的感情如何轉成無情的固執。在一塊緊鄰大陸的移民島嶼上，經歷了複雜的殖民階段，雜種文化本應是肥沃的社會土壤，執意要在如此基礎上去蒸餾出貞烈的善男信女，無異主動棄權參與這個承認變動的現代世界。想起那些似是而非的族群論證、政治糾葛及文化分歧，一個人不難明白為什麼憤怒時時浮現於每段對話裡。因為怒氣是最容易的語言武器，它容許人暫時放下複雜難解的理性分析，讓人不用傾聽，只須震耳欲聾地吼叫。無需自我辯駁，只要逼著對方表態、澄清、爭辯，所有語言都旨在攻擊、而不是溝通。彷彿，一個人只要吼得夠大聲，就可以蓋沒自己內心那個微弱的懷疑聲音。

到了二十世紀末，斯里蘭卡裔加拿大作家麥可翁達傑在他的書裡寫道，「榮格在一件事情上是百分之百正確的——每個人都受他所信奉的神祇所主宰，錯的是妄想和他的神平起平坐。」

多少世紀，人類忙著與白我創造的世界搏鬥。曾經為上帝所主宰的世界，邪惡不再是撒旦的專利，而是直接出自人類之手。二次大戰的猶太集中營、南京大屠殺，直迄不久前的波士尼亞戰亂、尚未結束的剛果內戰、盧安達的滅種戰爭，人類活在同類創造的地獄裡。宗教、種族、階級、文化，不是個體安身立命的根基，卻是純粹主義不經思考的方便藉口。看似寧靜祥和的斯里蘭卡，早在海嘯席捲之前，就已經裹在自己一手創造的爭鬥裡。專橫的政府軍隊、北方的「泰米爾之虎」及南部的馬克思主義游擊隊幾十年來將整個島嶼四分五裂，並使之成為自殺炸彈的發明溫床。人類啟蒙後的理智，為何不是我們的救贖，卻成為我們施加在自身的詛咒？

因為，我們窮力理解了問題之後，卻總是以為自己就是解答。我們堅持只有自己想出來的答案才是正確答案，其他人都可以去死。只有我的神才是真神，其他人的神都是虛假的，想像出來的，自以為是的。

耶誕節過後的第二天早晨，上帝決定反撲。人類逃無可逃。那些主義口號、宗教衝突、種族偏見和政治歧異都泡在鹹海水裡。

沒有特別一個族群受到上帝的厚愛。

我這一代人

My
Generation

作者｜胡晴舫
總編輯｜富察
責任編輯｜洪源鴻
企劃｜蔡慧華
封面設計｜ Rivers Yang × Aaron Nieh at 永真急制
內頁排版｜虎稿・薛偉成

社長｜郭重興
發行人兼出版總監｜曾大福
出版發行｜八旗文化／遠足文化事業股份有限公司
地址｜新北市新店區民權路 108-2 號 9 樓
客服專線｜ 0800-221029
信箱｜ gusa0601@gmail.com
傳真｜ 02-86671065
Facebook ｜ facebook.com/gusapublishing
法律顧問｜華洋法律事務所／蘇文生律師
印刷｜成陽印刷股份有限公司

出版｜ 2017 年 12 月　初版一刷
定價｜ 350 元

國家圖書館出版品
預行編目（CIP）資料

我這一代人／胡晴舫著／二版／新北市
八旗文化出版／遠足文化發行／ 2017.12
ISBN 978-986-95561-1-8(平裝)
855　　　　　　　　106018487